文春文庫

陰　陽　師

酔月《すいげつ》ノ巻

夢枕　獏

文藝春秋

目次

陰《おん》陽《みよう》師《じ》

酔月《すいげつ》ノ巻

銅酒《あかがねのさけ》を飲む女

一

しめやかに、雪が降っているのである。

柔らかな雪が、ほそほそと、庭の枯れた草の上に降りてくるのである。

しばらく前から降りはじめた雪は、晴明《せいめい》の屋敷の庭一面を、白く薄化粧してしまった。

晴明と博雅《ひろまさ》は、簀子《すのこ》の上に座して、その雪の庭を眺めながら酒を飲んでいる。

間《あいだ》に炭をおこした火桶《ひおけ》を置いて、時々それへ手をかざしながら、酒の入った杯に手を伸ばす。温めた酒だ。飲めば、その温度が、喉《のど》から腹までゆっくり下りてゆき、血に溶けて体内を巡ってゆくのがわかる。

「よい酒じゃ」

博雅が、白い息を吐きながら言う。

昼は過ぎたが、あたりはまだ明るい。空は灰色だが、地上には雪明りがある。日が暮れるまでには、まだ間があった。

雪は、あとからあとから落ちてきて、枯れた女郎花《おみなえし》の上にも、桔梗《ききょう》の上にも積もってゆく。

博雅は、雪の庭を眺めやり、

「なんとも不思議なことだな、晴明よ――」

溜め息と共《とも》に言った。

「何がだ、博雅」

晴明は、杯の酒を乾《ほ》しながら言った。

「何と言えばよいのかな。草や、花や、虫というか、この雪の下に眠る自然《じねん》のものたちというか――いや、どうにもうまく言葉にならぬのだが……」

博雅は、口ごもり、いったん唇を閉じてから思案げに首を傾け、そして、再び口を開いた。

「その自然《じねん》のものたちを生かしている、この天地の法のようなものがだ――」

「ほう……」

「今、生命《いのち》の気配はどこにもないように見える。しかし、あと、ひと月ふた月もすれば、土の下から新しい芽が出て、伸び、虫が這《は》い出て、そこにある枯れ草たちも、すぐにどこにあったかわからなくなるほど、その草々に埋もれて見えなくなってしまうであろう」

「うむ」

「生命など見えずとも、生命がそこにあるという、それが何とも不思議ではないか
――」

「生命もまた呪《しゅ》のひとつだからな」

ぽつりと晴明は言った。

蜜虫《みつむし》が、空《から》になっていた晴明の杯に酒を注ぐ。

「呪!?」

「ああ」

「話をややこしくするなよ、晴明――」

「ややこしくはせぬ。わかりやすくするだけだ」

「いや、おまえが呪の話をすると、必ず話がわかりにくくなる」

「そんなことはない」

「ある」

「困ったな」

「何がだ」

「呪の話ができなくなってしまったではないか――」

「おれはかまわぬぞ」

「生命と呪がひとつということでなくともよい。似ているということでどうだ」

「何がどうなんだ」

「生命に、かたちなく、重さなく、量もない――」

「む」

「呪にもまた、かたちなく、重さなく、量もない――」

「なに!?」

「これでどうだ、博雅よ」

「これでもなにも、それでは何もわからぬではないか、晴明よ。だいいち、おまえは、生命にかたちがないと言うたが、かたちはある。蝶は蝶のかたちを、犬は犬のかたちを、鳥は鳥のかたちを、魚は魚のかたちをしている。これはつまり、生命にかたちがあるということではないか――」

「では、訊《き》くが博雅よ、蝶の死骸はどうなのだ。犬の死骸は？　鳥の死骸は？　魚の死骸は？」

「む……」

と、博雅は、言葉をつまらせた。

「死んでも、つまり生命がなくなっても、蝶は蝶のかたちをしているし、犬は犬の、鳥は鳥のかたちをしているではないか――」

「むむ」

「つまり、かたちというのは、生命の本質ではないのだ」

「では、何なのだ」

「呪だ」

「な……」

「生命の本然《ほんねん》が、呪と似ているというのはそういうことなのだ。いや、生命と呪とは、同じものであると言ってもよい。つまるところ、生命というものは――」

「ま、まて、晴明」

晴明の言葉を、博雅が遮《さえぎ》った。

「どうしたのだ」

「呪の話はそこまでだ。酒の味がわからなくなる」

「そうか」

あっさりと晴明は言って、

「ならば、別の話をしようか」

話題をかえた。

「別の話？」

「もともと、この話をするつもりだったのだが、おまえが生命のことを口にしたので、つい、呪の話になってしまった」

「どういうことだ」

「しばらくすると、ここへ、橘 盛季《たちばなのもりすえ》殿がお見えになる」

「あの、蔵人《くろうど》の橘盛季殿か」

「うむ」

「いったい、どのようなことで？」

「盛季殿、このところ、何やら妙なこと――いや、ものに悩まされておいでのようでな。そのことについて、このおれに相談したいことがあるらしい」

「ほう」

「昨日のことだが、明日――つまり今日、このことで会《お》うてくれぬかという文《ふみ》をもろうた――」

「で？」

「その日は、源《みなもとの》 博雅様がおいでになる故、別の日ではどうかとお返事したのだが、博雅様さえよければ、ぜひにもと――」

「ふうん」

「とにかく、明日まいります。それで博雅様がおいやであれば、その時には日をあらためて――とこういうわけなのだ」

「ずい分、お急ぎのようだな」

「そういうわけなのだ、博雅よ。こういうことについては、おまえもつきあいがよいのは知っているのだが、かまわぬのなら共に盛季殿の話をここで聴くというのはどうじゃ――」

「おれはかまわぬさ。呪の話をされるよりはずっとよい」

「では、決まった」

晴明がうなずいた。

橘盛季が、牛車《ぎっしゃ》でやってきたのは、それからほどなくしてのことであった。

二

神泉苑《しんせんえん》の東、東大宮大路にある盛季の屋敷に、その男がやってきたのは、四月《よつき》ほど前の、夏がもう終りかけた頃のことだ。

青っぽい小袖を着た、眼の小さな男で、

「わが屋敷のお姫《ひい》さまより、これをお届けするようにと――」

そう言って置いていったのが、よい匂いのする香を焚《た》き込んだ扇《おうぎ》であった。

開けば、中に歌がしたためてあった。

　わが庵《いほ》は草しげくして道もなし
　ふみわけて訪《と》ふ人もしなければ

と、優しい女文字で書かれている。

「三日ほど前、西市《にしのいち》の方へお出かけになられませんでしたか」

と、男が問う。

「した」

盛季はうなずいた。

たしかに、三日前、用事があって、そちらの方へ出かけている。

「そのおり、あなた様のお姿を、当家のお姫《ひい》さまが、車の中からお見かけいたしまして——」

たちまち恋におちいってしまったというのである。

どういう姫《ひめ》であるのか、盛季にもわかろうはずがない。

男は、

「お返事をいただいてくるよう、言われておりますので」

と、言う。

「なれば――」

と言って、盛季は、さっそく歌をひとつしたためた。

あまのはら踏《ふ》みとどろかし鳴《な》る神《かみ》も
おもひし心つゆ忘れめや

「わたくしの住む家は、草がおいしげっていて、道もございません。そこを踏んで通ってきて下さる方もおりませんので――」

ぜひわたしのところへお通い下さい――という女の歌に、

「わたしを好きになったという、その心を忘れずにいて下さいね」

と、男が歌を返したのである。

上句の〝あまのはら〟から〝鳴る神〟までは、ほとんど意味はない。勢いである。女の歌にある草を〝ふみわけて〟にあわせて〝踏みとどろかし〟と入れて、〝草〟に対しては下の句で〝つゆ〟を重ねて返しの歌としたものだ。

特別によくできた歌ではないが、相手が何者かわからない以上、まずは無難なところであろう。

男は、帰っていったのだが、五日後にまた女の歌を持ってやってきた。

それに対して、また盛季が歌を返すというやりとりが何度かあって、盛季もその気になり、ひと月後に女のもとに通うことにした。

気になったことと言えば、ただひとつ、男がしゃべる時にどうかするとその口の中に舌が見えるのだが、その舌が黒っぽく見えたことであった。

その晩、むかえに来た車に乗って、盛季は屋敷を出た。

供の者を何人か連れてゆくことにして、心やすき者を三人ばかり、車の後から歩かせた。

車は、西の京へ向かった。

「着きましたぞ」

と言われて車を降り、松明《たいまつ》の明りで見れば、たいそう立派な門の前であった。

しかし、ついてきているはずの供の者三人の姿がない。

どうしたのかと男に問えば、

「途中ではぐれたのでござりましょう」

という。

不安になったが、

「ささ、こちらへ」

と案内されるがままに、盛季は屋敷の中に入っていった。

几帳《きちよう》を立てて囲われ、灯《あか》りがひとつ点《とも》っているところへ案内され、円座に座すと、すでにそこには酒や肴《さかな》の用意がされており、その向こうに御簾《みす》が下がっている。

「ようやっと、お会いできましたなあ」

御簾の向こうから、女の声が響いてきた。

御簾をあげて出てきた女を見れば、白い小袖を男のように着ていて、これがなんとも艶《なまめ》かしい。

言葉を交わし、酒を飲むうちに、当然のごとくなるようになってしまった。

夜が明ける前に、車に乗って自分の屋敷までもどったのだが、この一夜だけで、盛季は、すっかり女の虜《とりこ》となってしまった。

供の三人は、明るくなる頃もどってきて、

「いや、申しわけございません。車の後からついていったはずなのですが、いつの間にか見失ってしまいまして――」

「夜明け近くまでお捜ししていたのですが……」と、謝《あやま》ったのだが、

「かまわぬかまわぬ」

すっかりよい気分の盛季は、寛大《かんだい》にこれを赦《ゆる》した。

それから、度々《たびたび》、女のもとへ通うようになった。

その時は、女の方からむかえの車がやってくる。いつも夜であった。その車に乗って

女のところへ出かけてゆき、明け方にはもどってくる。

最初の一件以来、供の者はつけなかった。ただ一人で出かけてゆく。

奇妙なことに、いつも盛季をむかえにくる男も、従者も、笑う時に口の中を見せない。女にしても、笑う時や、大きく口を開けてしゃべる時には、扇や袖、あるいは手で口元を隠してしまう。

共に臥《ふ》す時には灯りを消してしまう。

それでも、どうかすると、口の中や舌が見えてしまうことがある。驚いたことには、たれの場合であれ、見えるその口の中や舌が黒いことだ。

ただ、そのことを、盛季は訊《たず》ねなかった。皆が、それを隠そうとしているのを知っていたからであり、訊ねて女の機嫌を損じ、このよい関係に、罅《ひび》が入ってしまうのもつまらぬことだと考えていたからである。

その晩は、いつもより早めにむかえが来た。

「どうしたことだね。いつもよりむかえが早いのではないかね」

盛季が言うと、

「初めておこしいただいてから、今夜で七、七の四十九度目でございますので――」

と、男が言う。

「四十九度目が何だと言うのだね」

「なに、もうこれだけの夜通われたことでございますので、お姫《ひい》さまに御縁のある方々が、今夜はぜひとも旦那さまに御挨拶《ごあいさつ》申しあげたいと申しておりますので……」

何のことやら、よくわからぬようなわかったような気分で、盛季はともかく車に乗った。

いつも通り、女の屋敷に着くと、いつもより人の多くいる気配で、屋敷内がざわめいている。

広間に入ってゆくと、昼のようにいくつもの灯りが点されていて、何人もの男や女たちが出むかえて、

「これはこれは、盛季さま、いつも娘がお世話になっております」

「今夜で、四十九日目、まことに御縁のある晩にございます」

それぞれが声をかけてくる。

「舅《しゅうと》でございます」

「姑《しゅうとめ》にございます」

笑いながら、頭を下げる。

その口の中を見ると、いずれも黒い舌がひらひらと踊っている。

たれも、それを隠そうとしない。

「では、ごゆるりと」

「我らは、宴《うたげ》の用意を――」

「まずはお楽しみを」

と、皆がいなくなり、残ったのは、女と盛季だけとなった。

「今夜は、お泊まりになっていって下されませ」

と、女がしなだれかかってくる。

女は、いつにも増して妖艶《ようえん》で、あれこれの手管《てくだ》を尽《つ》くしてくるので、盛季も嬉しくなって、これまでのどの夜よりもはげみ、すごしてしまった。

で――

どのくらいたってからであろうか。

盛季は眼を覚ました。

ただひとりである。

いつの間にか、眠ってしまっていたらしい。

傍《かたわら》に眠っているはずの女の姿はなく、灯りも消えて、真っ暗闇である。

どこからか、賑《にぎ》やかな声が届いてくる。

夜具の中から立ちあがり、声の方へ歩いてゆくと、灯りが見えた。

最初に通された広間であり、そこで、たくさんの男や女たちが酒もりをしているのが見えた。

「いや、よい晩じゃ」

「ほんによい婿《むこ》殿をつかまえたものじゃ」

舅と姑が言う。

いずれも、それぞれが両手に大杯を持っており、馬の首をしたもの、牛の首をしたものが、その大杯に、大きな柄杓《ひしゃく》で酒を注いでまわっている。

女が、笑いながらその杯で酒を受け、それをぐいぐいと飲み干した。

「おえええええっ」

と、酒を飲んだ女が、泣き叫ぶ。

泣き叫びながら、笑っている。

次が、舅の番であった。

馬の首をしたものが、酒を注ぐと、舅もまた、

「くええええええっ」

と、泣きわめく。

しかも、笑っている。

牛の首をしたものが、姑の大杯に酒を注げば、姑が笑いながらそれを飲み、

「えげげげげげっ」

と、呻《うめ》きながら笑い、

「熱《あつ》や、熱や」

と呻く。

その口から、炎があがる。

「おお、熱い熱い」

「あわれじゃ」

「あわれじゃ」

皆が、そう言ってはやしたてる。

「婿殿をもらう前に、死にたくはないのう」

「そうじゃそうじゃ」

皆が言う。

よく見れば、女の耳から鼻から、煙があがっている。

舅の耳からも、鼻の穴からも、姑の耳からも鼻の穴からも、そして、酒を飲んだ皆々の耳からも鼻の穴からも、煙があがっているのである。

そして、なおも盛季がもの陰から見ていると、馬の首をしたもの、牛の首をしたものが皆々の大杯に注ぎ入れているのは、なんと、まっかに溶けた銅《あかがね》であった。

「婿どのはどうした」

舅が言う。

その口の中が、焦げて、舌も頬の内側の肉もまっ黒である。

「まだ、眠っております」

と、黒い、煙の出る口を開いて言ったのは、いつも、盛季をむかえにきていたあの男である。

「すぎるからじゃ」

と舅が言うと、

「すぎるからじゃ」

「すぎるからじゃ」

皆々が笑いながら言う。

「もう、起こしてやりなされ」

姑が言う。

「そうじゃ、起こしてやれ」

「お起こしなされよ」

「この銅《あかがね》の酒を、婿殿にも飲ましてやらねばなあ」

「飲ましてやらねばなあ」

「飲ましてやらねばなあ」

「そうじゃそうじゃ」

と、声があがれば、件《くだん》の女は、

「はい」

と、黒い口を開いて微笑する。

「熱いぞ」

「熱いぞ」

「しかし、お優しい婿殿じゃ、きちんと飲まれるであろう」

「全部飲むであろう」

「お優しい方じゃからなあ」

「ああいう婿殿をよう見つけた」

「いやがれば、無理にでも飲ませよ」

「うむ、飲ませよ」

そういう声があがり、あの男が立ちあがった。

「では、婿殿の様子を見てまいりましょう」

「おう、起こせ、起こせ」

「うむ」

と、男が立ちあがって、よろよろと歩き出した。

盛季は、驚いて、かけもどって夜具をひき被《かぶ》って寝たふりをした。

足音が近づいてきて、身体に手が触れた。

「盛季殿……」

揺すられた。

「お起き下され。これ、盛季殿」

しかし、盛季は、ひたすら眠ったふりを続けている。

「どうした」

「どうした」

舅と姑の声がした。

「いや、盛季殿、揺すっても起きませぬ」

「まさか」

「もう、充分に眠られたはずじゃ」

また、男の手で、盛季の身体が揺すられた。

盛季は、もう、生きた心地もしない。

ひたすら眠ったふりをしている。

「おやあ」

という、舅の声がした。

「はて」

と、今度は姑の声がする。

「婿殿の身体が、震《ふる》えてござっしゃる」

「ほんとうじゃ」

「何故じゃ」

「もしかして、婿殿、ほんとうは起きてござっしゃるのではないか」

「では、何故震えておいでじゃ」

「もしかしたら……」

「もしかしたら?」

「婿殿、我らのあれを見たやも知れませぬな」

「うむ、見たやもしれぬ」

「それで、眠ったふりをして、震えておいでなのじゃ」

「かまうことはない。無理にでもあれを飲ましてしまえばよい」

「おう。鼻をつまんでやれば、いやでも口を開く。そこへ、あれを注ぎ入れてやればよい——」

「開かねば、鼻の穴から入れてやればよいではないか」

「そうじゃ」

「そうじゃ」

そういう声がする。

そこへ、

「もし、盛季様、どうして震えておいでなのでございます？」

女の声が聴こえた時には、盛季、もうたまらなくなって、我慢できずに、

「わあっ！」

と叫んで跳び起きていた。

「あ、これ」

「婿殿よ、なんとする」

と言うのをかまわず、誰ともなく突き倒して走り出した。

「お逃げなさるかえ」

「婿殿」

その声が背を追いかけてくる。

「待たれよ」

「婿殿」

「婿殿……」

しかし、立ち止まれない。

素足のまま、外へ飛び出して、走った。

「逃げてもまた、おむかえにゆきまするぞ」

「逃《のが》さぬぞ」

そういう声が聴こえたが、後ろは振り返らない。

ただ、おめきにおめきながら、駆けに駆けた。

そのうちに、夜があけたら、西市の近くを、自分のものであった浅葱《あさぎ》色の水干《すいかん》を一枚ひっかけただけの、ほとんど裸同然の姿で歩いている自分に、盛季は気がついたというのである。

そういう話であった。

三

「かようのことがあったのでござります」

盛季は、晴明と博雅に言った。

気がついたら、西市の近くに立っていたというのが、まさに昨日の朝のことであったというのである。

屋敷にもどり、着換えをしたのだが、家にはいられない。

「また、むかえが来たらと思うと、おそろしゅうておそろしゅうて――」

知りあいの坊主のいる寺の本堂で、昨夜は寝たのだという。

「何とぞ、お助け下さいまし」

盛季が、震えているのは、もちろん寒さのためばかりではない。

「わかりました」

晴明はうなずいて、

「ところで、そのおり、盛季殿が召していらっしゃったという、水干は今どこにござりますか」

そう訊ねた。

「我が屋敷に、まだ置いてあるかと」

「ちょうどよい。では、まずそれを取りにまいりましょうか」

「我が屋敷へ？」

「はい」

「我が屋敷の場所は、奴らも知っております。行ってだいじょうぶでしょうか」

「この晴明がついておりますれば――」

言ってから、晴明は博雅を見やって、

「そういうことでござりまするが、博雅さまには、いかがなさいます？」

そう言った。

「いかがとは？」

「一緒にゆきまするか」

「う、うむ」

「では、まいりましょう」

「ゆこう」

「ゆきましょう」

　そういうことになったのであった。

四

　雪の中を、牛に牽《ひ》かれて、二台の牛車がごとりごとりと進んでゆく。

　晴明と博雅の乗った車が先であり、その後ろに盛季の乗った牛車が続いている。

　雪はまだ止まず、あとからあとから地上に降り積もってゆく。

　晴明と博雅の乗った車の先を、ゆらりゆらりと前へ進んでゆくのは、浅葱色の水干であった。

　人の着ている水干ではない。

　ただの水干が、まるで、中に姿の見えぬ人がいて、それを着てでもいるような様子で前に向かって歩いてゆくのである。

　その後から、晴明がついてゆく。

雪は、その水干の肩のあたりにも薄く積もっている。

じきに、西市だ。

盛季の屋敷からここまで、水干が歩いてゆくその後をつけて、晴明と博雅の乗った牛車がついていっているのである。

盛季の屋敷で、家の者が出してきた件の水干の背へ、晴明が札《ふだ》を張りつけたのだ。

〝霊〟

〝宿〟

〝動〟

と書かれた札である。

それを、盛季の水干の背へ張りつけ、晴明が口の中で何やら呪を唱えると、その水干が自然に立ちあがって歩き出したのである。

その後を、今、車で追っているのであった。

西市を通り過ぎ、しばらくゆくと、築地塀《ついじべい》で囲まれた、荒れ果てた屋敷跡へ出た。塀の中は、森のようになっていて、水干は築地塀の崩れたところから中へ入ってゆく。

晴明、博雅、そして、盛季は、車から降りて、供の者たちのうちふたりをそこに待たせ、ふたりをつれて水干の後を追った。

屋敷は、屋根は落ち、柱は倒れ、昔は立派なものであったらしいが、今はその面影もない。

　雪の降りしきる中を歩いてゆくと、大きな松の根元で水干は動きを止め、積もった雪の重さに耐えかねたように、ふわりとそこへ倒れ込んだ。

「ここのようですね」

　晴明が、水干をのけると、そこに、一足の沓《くつ》が落ちている。

「これは？」

　晴明が問うと、

「わたしのものです」

　怯えた顔で、盛季が言った。

　太い松の根が何本も張り出していて、その根のところに、焼け焦げたような跡があった。

「ははあ……」

　晴明が、そこを見やりながら、何やら納得したような顔でうなずいた。

「おい、晴明、何かわかったのか？」

「いえ、まだ、わかったと言えるようなものではございませぬ」

　晴明は、従ってきた供の者ふたりに声をかけ、

「ここへ来る途中、何軒か家があったが、そこへ行って訊ねてほしいことがあります」

そう言った。

「何を訊ねればよろしいので？」

「あそこにある荒れ屋敷の中に、一本の松があって、その根元が焦げておりますが、それはいかなるわけでござりましょうかと、そう問えばいいでしょう」

ふたりは出かけてゆき、ほどなくしてもどってきた。

「一番近い屋敷に人がいて、そこの方が教えて下さりました」

供の者は、その教えてくれたという人物をまねるような口調で、

「あの屋敷は、もう、この十年人が住んでおりませぬ。荒れたままになっているところへ、どのくらい前からか、貉《むじな》の家族が棲みつくようになって、色々と人を化《ば》かしたり悪さをするようになりました。ある時、巣が見つかって、それがちょうどあの松の根元のところでござります。それで、もう悪さができぬようにと、化かされた者たちが集まって、巣穴の中に、まっかに溶けた銅《あかがね》を流し込んでやったのでござります。それが、ちょうどこの春のことで、中に、一頭、まだ若い白い毛皮の雌《めす》が混ざっておりました。あれだけは捕えて皮を剝《は》いでおきたかったのですが、家族と一緒に巣穴の中で焼けただれて死んでしまったことでしょう……」

このように告げた。

「なるほど……」

晴明は、盛季に向きなおり、

「ところで、盛季殿、このことが起こる前、このあたりで、何かかわったことはございませんでしたか」

そう訊ねた。

「そう言えば、あの日――というのは、あの男が女の歌が書かれた扇を持ってやってきた日からかぞえて三日前のことでございますが、用事があってこの近くまでやってきたことがございました」

「ほう」

「そのおり、犬が、あちらの崩れた塀に向かって吠えかかっているのを見たのですが、その塀の上に、一頭の貉が追いつめられて、降りるに降りられぬといった体《てい》でございました。その時、貉が、なんとも哀れな眼をこちらへ向けたのを見て、思わず、こら、と犬に声をかけましたところ、犬がこちらに気をとられまして、その隙に、塀の上の貉は、あっという間に塀を駆け降りて、どこぞへ姿を消してしまったということがありました」

「どうやら、それでしょう」

「何がそれなのだ、晴明よ」

「それについては、博雅さま、直接うかがってみるのがよろしいかと――」

「直接？」

「さいわいにも、これへ、盛季殿が纏《まと》っていた水干がございます。おそらく、これには、件の女も触れたことでございましょうから……」

言いながら、晴明は、手にしていた浅葱色の水干を、松の根の焼け焦げたあたりへふわりとかぶせ、それへ掌《てのひら》をあて、小さく何かの呪を唱えはじめた。

唱えながら、晴明が、水干にあてた掌を持ちあげてゆく。それに合わせるかのように水干が持ちあがってゆき、ついにそこに立った。

晴明が呪をやめると、そこに、白い小袖を着た若い女が、その水干を被るようにして立っていた。

「あ、あなたは⁉」

その女を見て、盛季は思わず後ずさっていた。

「盛季さま、今度《こたび》はまことにおそろしき目にあわせてしまい、申しわけございません」

女は言った。

「あなたさまにお助けいただいた貉は、我が仲間の生き残りにございます。我らは、巣穴に、焼けた銅《あかがね》を注がれ、焼けただれて生命を落とし、人を恨んでまだこの世にとどまっておりましたが、助けられた貉《もの》から、あなたさまのことをうかがって、ぜひともあなたさまを、死出《しで》の旅の連れあいに欲しくなってしまったのでございます」

女は、盛季を見つめていた。

「ちょうど、わたくしは、死んだ日より数えて四十九日目に、仲間の貉《もの》と番《つが》いとなって、新しい巣穴を捜してここを出てゆくつもりでござりました。それもできずに、殺され、子をなすこともできぬままであったことに心を残していたところ、盛季さま、あなたに出会うたのでござります」

降りしきる雪は、女が被った水干の上には積もってゆくが、女の身体や腕は、通り抜けてゆく。

その雪の中で、女は続けた。

「あなた様に、夢の中で焼けた銅《あかがね》を飲ませ、生命を奪ってお連れ申しあげようと謀《はか》ったのでござりまするが、それがかなわなんだこと、今は、それでよかったと思うておりまする……」

女は、雪の中から盛季を見やり、淋しそうに微笑した。

女の姿が消え、ふわりと水干が雪の上に落ちた。

「ま、まて……」

と盛季が手を伸ばしたが、女の姿はもうどこにもない。

ただ、松の根へ、しきりと雪が積もってゆくばかりであった。

五

雪が消えてから、件の松の根のあたりを掘ったところ、はたして貉の巣穴があり、そこから十二頭の貉の死骸が出てきた。

全身焼けただれていたが、そのうちの一頭は、まだ若い、雌の貉であったという。

桜闇《さくらやみ》、女の首。

一

桜は、散りかける寸前である。

みっしりと咲いた桜のはなびらの重さで、枝が下がっている。

満開の花が陽光の中にあふれて、自《おの》ずとはなびらが枝からこぼれ落ちてきそうであった。

晴明《せいめい》の屋敷の庭にある桜の老樹は、まるで豊満な果実の如くに花を咲かせている。

その桜を眺めながら、晴明は、博雅《ひろまさ》と、簀子《すのこ》の上に座して酒を飲んでいるのである。

晴明は、柱の一本に背をあずけ、片膝を立て、杯を口に運びながら、桜を眺めている。

博雅は博雅で、桜を見たり、その花の上に広がる空の高いところを吹く風を眺めたりしながら酒を口に含んでいるのである。

飲みはじめた時には、まだ散りだしていなかったはなびらが、いつの間にか、ひとつ、ふたつと枝から離れはじめていた。

ほろほろと酒を飲めば、ほろほろと桜が散る。

「なあ、晴明よ——」

博雅は、杯の酒を乾《ほ》し、溜め息と共に言った。

「なんだ、博雅」

晴明が、すでに空《から》になっている杯を置くと、それへ、蜜虫《みつむし》が酒を注《そそ》ぐ。

「ああやって散ってゆく桜のはなびらというのは、なんと言えばよいのか、まるで人の心のようにも見えるものだな……」

「人の心?」

「心というか、まあ、想いと言うた方がよいのかなあ」

「どういうことだ」

「人は、心の中に、幾《いく》つもの想いを生じさせるではないか。まるで、あのはなびらのように……」

「うむ」

「しかし、いつまでも、その想いというものは、人の心にとどまってはおらぬ。知らぬうちに、はなびらの如くに、想いは人の心を離れて散ってゆく。気がつけば、花は消えて、ひとつの季節が移ろうてゆく……」

「恋でもしたか、博雅よ」

晴明は、紅い唇の端に、笑みを含ませた。

「こ、恋!?」

「そうだ。想うお方でもできたか」

「突然に何を言うのだ。そういう話ではない——」

「では、どういう話だ」

「どういう話と言われても困る。人の心の話ではないか」

「恋の話ではいけないか」

「いけなくはない。いけなくはないが、しかし——」

「しかし、どうした」

「消えてしまった」

「消えた?」

「恋の話と言われた途端に、さっきまでおれの心の中にあった、あのしみじみとしたものが、消えてしまった」

「はなびらが散ってしまったか……」

「おまえが、枝を揺らしたからだ」

「すまぬ、博雅」

「謝《あやま》られたって、嬉しくはない。一度散ったはなびらは、枝にもどらぬ」

「それは、自然《じねん》の理《ことわり》だからな」

まだ、唇に笑みを残したまま、晴明は、蜜虫が杯に注いだ酒を、その口に運んだ。

「もうよい。それよりも、用件を言え――」

博雅は、不満そうに唇を尖らせて言った。

「用件？」

「おまえが、おれを酒に誘った時、頼みたいことがあると言うていたではないか――」

「桜の話だ」

晴明は、杯を置きながら、博雅を見た。

「桜？」

「橘花麻呂《たちばなのはなまろ》殿のことは、知っているか」

「もちろんじゃ。昨年の秋に亡くなられたが、雅楽寮《ががくりよう》の主《ぬし》のようであったお方じゃ。たいへんな琴《きん》の名人ぞ――」

「その娘で、透子《とうこ》殿という姫がおられる」

「透子殿なら、今年、十七になられるはずだが、これもまた、若いながら琴の上手《じようず》と評判の姫ではないか――」

「その透子姫がな、消えたのだ」

「消えた!?」

「ああ。昨日、桜の下で琴を弾《ひ》いていたというのだが、琴を残したまま、お姿が見えなくなってしまったというのさ」

「なんだって？」

こういう話である。

二

透子が、琴を弾きたいと言い出したのは、昨日の昼のことである。

父である橘花麻呂が、生前使っていたという、天絃《てんげん》という琴を出させて、

「これを、桃実《とうじつ》の下に置いてちょうだい」

このように家の者に言ったというのである。

桃実というのは、庭にある桜の老樹のことで、この時、満開であった。

「ずっと前から、この桜の下で、一度、天絃を弾いてみたかったの」

透子は、心なしか、頰を微《かす》かに赤く染めて、そう言った。

さっそく、桃実の下に緋毛氈《ひもうせん》が敷かれ、そこに琴が用意された。

「独りで弾きたいので、たれも、しばらくはこちらに来てはなりませんよ」

というので、家の者は、たれも、透子のいる庭には近づかなかった。

しかし、音は聴こえる。

家の者たちは、それぞれに用事をしながらそれぞれの場所で、姫の弾く琴《きん》の音《ね》を聴いていたのだが、ある時、ふっとその音が消えた。

どうしたのかと思って耳を澄ませているのだが、いっこうに始まる気配がない。

それで、家の者が、庭へ様子を見にゆくと、満開の桜の下、緋毛氈の上に、ぽつんと琴が置かれているだけで、透子の姿はどこにもなかったというのである。

たまたま、何かの用事で、その場を離れたのかとも思ったのだが、いつまで待ってももどってこない。

「いずくにゆかれたかはわからぬが、いずれにしろ屋敷の内でのことであろう」

と、屋敷の中を捜してみたのだが、どこにもその姿がない。

床下を捜し、池の中を捜し、木や庭石の裏側、屋根の上まで捜したが、透子は見つからなかった。

「屋敷の外に自ら出たか、たれかに連れ出されたか——」

そう考えもしたが、門は、この間ずっと閉じられたままであり、そこには人がいた。

その人間も、透子のみならず、どのような者も、出入りしていないという。

自ら出るにしても、連れ出されるにしても、出たとするなら、門を通らず、塀を直接越えたと考えるより他にない。

ついに、思いあまって――

三

「おれのところへ、橘貴通《たちばなのたかみち》殿が泣きついてきたというわけなのだ、博雅よ」

晴明は言った。

橘貴通――橘花麻呂の長男で、花麻呂の亡きあと、ずっと透子の面倒をみてきた人物である。別腹ながら、透子の兄にあたる男だ。

「しかし晴明よ、透子殿がいなくなったという、それはたいへんなことだが、どうして、そのことでおまえのところまで貴通殿がやってくるのだ」

「知らぬのか、博雅」

「何をだ」

「件《くだん》の桜だが、桃実の他に、散らずの桜という別の名でも呼ばれていることを――」

「いや、それは知らぬ。教えてくれ」

「その桜だがな、花の時期が終っても、ひとつだけ、散らぬ花がある」

「ひとつだけ？」

「ああ、一輪だけ、散らぬ」

春になり、桜に花が咲く。

やがて、他の花は風と共に散ってゆくが、その花一輪だけが散らない。

やがて、葉が伸び、すぐにその花は青葉に埋もれて見えなくなり、忘れられてしまうが、秋になり葉が紅葉《もみじ》して、冬になり葉が落ちると、そこに一輪だけ、あの花がまだ残っているのが見える。

また春がきて花が咲くようになると、その一輪は、あらたに咲いた花に埋もれてどれかわからなくなってしまうが、花が散る頃になると、まだ、そこにその一輪が残っているのが、わかる……。

「件の桜は、まあ、そういういわくつきの桜ということなのだ。不思議と言えば、桜であるのにどうして〝桃《もも》〟の字を使って〝桃実〟などという名をつけたのか。ならば、この晴明の出番ということになろう。それにな、少し話をしたのだが、貴通殿、まだ隠し事をしておいでのようじゃ――」

「なんだ、それは――」

「わからぬ故、博雅よ、おまえに来てもろうたのさ」

「おれに、何かせよというのか?」

「そうだ」

「何をするのだ」

「さほど、難しいことではない」

「何だ」

「桜を聴いてほしいのさ」

「桜を聴く？」

「まあ、ゆけばわかる」

「――」

「今日のうちに、ゆくことになっている――」

「む……」

「どうする」

「むむ……」

「ゆくか」

「う、うむ」

「ゆこう」

「ゆこう」

そういうことになったのである。

四

「しかし、また、どうして透子姫は、桜の下で琴を？」

訊《たず》ねたのは晴明である。

「透子は、以前より、桜の下で琴を弾きたがっていたのですが、父が……」

貴通は、言いにくそうに言った。

橘花麻呂が、

「それはならぬ」

と、ずっと禁じていたのだという。

「で、花麻呂殿が亡くなられて、それを禁ずる者がいなくなったため、透子姫は桜の下で琴を――」

「はい」

貴通がうなずく。

「しかし、何故、花麻呂殿は、透子姫に、桜の下で琴を弾くのを禁じておられたのでしょう」

「さあ、それは、どうも……」

貴通が口ごもる。

「何か、言いにくいことでも?」

「そういうわけではござりませぬ。わたしには、見当もつきませんが、父花麻呂には花麻呂なりの考えがあってのことと思われます」

「ははあ」

「父が禁じていたこと故、もしもわたしがその場におりましたら、弾くなと言うていたと思います」

「いらっしゃらなかったのですね」

「用事があって、出かけておりました」

「貴通殿のお留守をねらって、透子姫が琴を弾《だん》じたということはありますか？」

「さあ……」

「透子姫がお弾きになられていたのは、何という曲でござりましょう」

「それが、わからないのです」

「わからない？」

「ええ」

「皆、琴《きん》の音《ね》が聴こえていたのではなかったのですか」

「聴こえてはいたのですが、それが何という曲かわかる者がいなかったのです。多少の曲なら、わかる者もいることはいるのですが……」

「それほど、珍らしい曲を、透子姫はお弾きになっていたと……」

「さあ、わたしが家におればよかったのですが、なんとも……」

困惑した表情で晴明を見た。

「貴通殿」

ここで、口を開いたのは、博雅であった。

「透子姫には、母上がおられたはずですが、何年か前にお亡くなりになっておりますね」

博雅は問うた。

「四年前です。わたしの母ではございませぬ。わたしの母が亡くなったあと、父花麻呂がもらった後添えにございます」

言った貴通へ、

「ともあれ、件の桜を見せていただけませぬか——」

晴明は言った。

五

庭へ出た時には、すでに、夕刻であった。

満開の桜の老樹があり、その下に緋毛氈が敷かれ、その上に琴が置かれていた。

「昨日から雨も降っておりませんので、そのままにしております」

貴通は言った。

「この桜が、散らずの桜、桃実ですね」

晴明が言う。

晴明は、懐に手を入れて、そこから七寸半ほどの長さはあろうかという竹筒を取り出した。

「それは？」

博雅が問う。

「竹筒にござります」

晴明は言った。

「竹筒はわかる。が、しかし……」

一方の端は、ちょうど節《ふし》のところで切られており、一方の端は、節の手前で切られていて、水でも何でも入れることができそうであった。

よく見れば、筒の側面、節に近いあたりに小さな穴が空いている。

その穴の上に、

〝聴如語如疾疾言言〟

と小さく書かれた白い紙が貼られていた。

何やらの呪符の如きものと思われた。

「実は、今、貴通殿がお話しくだされたことのだいたいのところは、この晴明、昨日《さくじつ》にうかがっております。それで、このようなものが必要になるかと、これに用意いたしました」

晴明は、博雅を見やった。

「姫が、いったいどのような曲を弾かれていたのか、これにて確かめてみることにいたしましょう」

「できるのか、そのようなことが……」

「琵琶《びわ》、笛の名手博雅様の、お耳ならば……」

「わたしの？」

「萌《も》えでたばかりの葉、咲いたばかりの花は、その脈の内に、周囲の音を録《のこ》すものにござります」

「脈!?」

「音とはそもそも、ものの震えにござります。琵琶、琴なれば、絃《いと》の震え。笛なれば竹の震え。手を離しましても、しばらく絃が震え続けるように、葉も花もまた、その震えをしばらくその内に残します……」

「それを聴くことができると？」

「できます」

言いながら、晴明は、手を伸ばし、頭上の枝から、桜の花を、ひとつまみ、ふたつまみ、折り取った。

その桜の花を、晴明は竹筒の中に入れ、

「博雅様、竹筒の、こちらの空いている方の口に耳をおあて下されましょうか」

博雅は、晴明から竹筒を受けとり、

「こ、こうか——」

首を傾けて、竹筒の口に耳をあてた。

晴明が、右手の人差し指と中指を竹筒にあて、口の中で小さく呪《しゅ》を唱えた。

「な、何も聴こえぬが……」

不思議そうな顔をしていた博雅であったが——

「おや、これは風、の音か……」

小さくつぶやいた。

節近くに空けられた穴から、風が入り込んで、わずかに音が聴こえている。

やがて、その音に混ざり、何やら絃の鳴る音が、ごく微かに、それこそ、はなびらのつく溜め息よりも幽《かそ》けき何やらの音が、響いているようである。

「まさか、気のせいであろうか、これは……」

博雅のつぶやく声が止まり、博雅の瞼《まぶた》が閉じられた。

「ああ、なんと、美しい……」

博雅は、つぶやいた。

うっとりと、博雅は眼を閉じて、何かの楽《がく》の音《ね》に耳を傾けているようである。

やがて――

「これは、『桜散光《おうさんこう》』ではないか……」

博雅は、眼を開いた。

「『桜散光』？」

晴明が訊ねた。

「二十年余りも前であったか、花麻呂殿が作られた琴の秘曲じゃ。春の光の中で散りゆく桜のことを曲にしたものでな、おれも――いや、わたしも若き頃に何度か耳にしたことがある。しかし、何故か、その後花麻呂殿、これを封印されてな、自らも弾かなくなり、自然と他の者も弾かなくなってしまったものぞ――」

博雅が言い終えた時――

「おお……」

と、声をあげた者がいた。

橘貴通である。

「その曲、やはり御存知でござりましたか、博雅様……」

悲痛な声であった。

すでに、あたりは薄暗い。

家の者が、灯《あか》りを持ってやってきた。
その灯りで見れば、貴通の顔は、かたくこわばっている。
その時――
くす、
くす、
という、小さな笑い声が響いた。
くすくす、
くすくす、
くすくす、
くすくす、
無数の笑い声。
その、小さな、囁《ささや》くような幾つもの笑い声は、頭上から聴こえていた。
頭上を見あげた博雅は、
「あ……」
と、息を呑んでいた。
炎の灯りの中で見あげれば、桜の花の中で、幾つもの人の顔が笑っているではないか。
美しい女の顔だ。

くすくす、
くすくす、
しかも、笑いながら、女は泣いていた。
気がつけば、桜の花のひとつずつが、いずれも皆女の顔となって、はなびらが風にさやぐが如く、小さく笑い声をあげていたのである。

六

「お話しいただけますか」

晴明が言ったのは、屋敷の内へもどってからであった。

灯火《とも》を点し、晴明と博雅は、貴通と向かいあって座している。

人払いをしてあるため、他の者はそこにはいない。

「はい」

うなずいた貴通が、語りはじめた。

「さきほど、桜の中に浮かびあがった顔、あれは、亡き我が母のものにござります」

低いが、しかし、すでに覚悟を決めた声であった。

「我が母が亡くなったのは、二十三年も前でござりましたか。その頃、父花麻呂は、すでに雅楽寮におりまして、明けても暮れても楽《がく》のことばかりの日々にござりました。わたしは、その頃、まだ、十《とお》になるやならずの齢《とし》にございましたが、父とはゆっくり顔を合わせて話をしたという記憶がございません……」

七

何かにもの狂いする――

ということが、人にはございますが、父花麻呂は、楽にもの狂いしていたのでございましょう。

鬼のことを、よく、鬼《もの》と言ったりいたしまするが、まさに父花麻呂は、鬼《もの》狂いしていたと言う他はございません。

雅楽寮にいる時はもちろん、帰ってからも楽のことばかりで、とくに、父花麻呂がのめり込んでいたのが、曲を作ることにございました。その頃は、さきほど博雅様が口にされた「桜散光」のことにかかりっきりであったと言ってよいかと思います。

我が父は、いったん曲想が浮かびますと、こちらが驚くような早さで、それをひとつの曲にしてしまいます。

ところが、「桜散光」だけは、いつもと勝手が違うようでございました。

曲想はある。

しかも、すぐ手の届きそうな、眼の前に浮かんでさえいるというのに、どうしても、それが曲にならないのでございます。

そのことを思うあまりに、食が細り、ものが喰えなくなり、あっという間に、骨と皮ばかりに痩せてしまいました。

朝、宮中に出かけてゆくというのがやっとのこととなり、車にもひとりでは乗れぬようになって、今にも死んでしまいそうな姿となりはててしまったのでございます。

本当に、鬼が憑《つ》いたというのでございましょうか。

桜の頃が終ってもまだ、曲はできあがらず、ついには、年をまたいで、また翌年の桜の頃となってしまっても、まだ、曲ができません。

「ああ、この桜が散らぬうちに、この曲ができずば、おれは死ぬるより他にない」

と思いつめておりましたが、やはり、曲ができぬままに桜は満開となり、散りはじめたのでございます。

むろん、母のもとへも通わぬようになっており、母は、てっきりそれを、他に女ができて、そちらへ通うようになったと思うていたらしいのですが、それが、桜の曲のためと知って、

「女ができたのならまだしも、相手は桜であったとは――」

今度は、母の方が、狂うてしまったのです。

「桜でよかったではございませぬか――」

「どうということはござりませぬよ」

と、近くに仕《つか》えていた者たちも言ったのでござりますが、このあたりまえの理屈が母には通じなかったようで、

「桜憎し」

そうなってしまったのでござります。

聴いた話によれば、

「なれば、わが一念をもって、庭の桜、散らぬようにしてやろうではないか。桜を見るたびに、わがことを必ずや思い出すようにしてやろうではないか――」

母は、そう言って、とうとう、この屋敷の桜の枝で首を吊って死んでしまったというのでござります。

で、桜は散ったのでござりますが、しかし、ただ一輪のみ、散らぬ桜が残るようになったのでござりますよ。

そして、その一輪だけの桜を見て、ようやく、父花麻呂は、件の曲を作ることができたのでござります。

しかし、父にとっては、悪しき思い出の残る曲となってしまいました。

そのため、この「桜散光」の秘曲は、あまり弾かれぬままに、封印されて、この屋敷――とくにあの桃実のあるところでは、奏されることのない曲となってしまったのです。

透子が、あの桜の下で、「桜散光」を弾いたことが、透子のいなくなったことの原因としてあるのやもしれません。

透子を、なんとか見つけ出したい――それで晴明様におすがりしたのですが、しかし、わが家のこの秘事のこともあって、全てお話しできずに、心苦しく思ってはいたのでございます。

八

晴明、博雅、そして貴通が、件の桜の下に集まったのは、翌日の昼であった。

桜の下に、緋毛氈が敷かれていて、そこに、琴《きん》の琴《こと》が置かれている。

七絃の琴だ。

明るい陽の光が、桜にも、その琴の上にも注いでいる。

その光の中を、静かにはなびらが散ってゆく。

「博雅様、琴を――」

晴明が言った。

「うむ……」

うなずいて、博雅は、沓《くつ》を脱いで、毛氈の上に歩を進めた。

琴の前に座し、絃《いと》に指先で触れ、張りをたしかめる。

爪で、絃を弾いて音を合わせる。

準備が整ったのか、ほどなくして、博雅は晴明を見あげてうなずいた。

「では——」

晴明がうなずくと、博雅は、琴に視線を落とし、小さく息を吸ってから、おもむろに絃に指先をのせた。

恋《れん》、

と、絃が音をたてた。
博雅の指先が、さらに絃に触れてゆくと、
恋、
恋、
その指先から、次の音が生まれてゆく。
ほろり、ほろりと、次から次に、音が生み出されてゆく。
曲が始まった。
「桜散光」である。
曲が始まった途端、これまでとは違った速度で桜が散りはじめた。

琴の音《ね》が、はなびらの一枚ずつに触れて、その触れたそばからはなびらが散ってゆくようであった。

光の中を、はなびらが散る。

それが、博雅の上にも、琴の上にも散りかかる。

あとから、あとから……

「こんなに……」

貴通が声をあげた。

「光の中を桜が散る——そういう曲でござりますから——」

晴明は、そう言って、両手を持ちあげた。

晴明が身に纏《まと》っている白い狩衣《かりぎぬ》の袖がふわりと持ちあがって、まるで、その袖が巻き起こしたかの如く、一陣の風が吹きよせた。

静かに舞い落ちていた無数の桜のはなびらが、その風に運ばれて、天に舞いあがった。

恋、

と、博雅が琴を弾く。

桜が散る。

おびただしい数だ。

風が、それを青い天へ運んでゆく。

恋、

恋、

恋、

光の中を、桜のはなびらが、次々に天へ巻きあげられてゆく。

巻きあげられてゆくのが、はたして桜のはなびらなのか、博雅が生み出してゆく琴の音であるのかわからない。

琴の音と、はなびらが、陽光の中で光っている。

高い天で、はなびらが光の中に混ざり、琴の音がきらきらと踊る。

すでに、はなびらも、光も、琴の音も、青い天の中で、どれがどれであるのかわからなくなっている。ただ、青い虚空に、はなびらがきらきらと光っている。琴の音が、きらきらと踊っている。

やがて、博雅が琴を弾くのをやめた時、件の桜の樹――桃実から、ほぼ全てのはなびらが舞い落ちてしまっていた。

「おう、あそこに!?」

貴通が声をかけた。

はなびらの消えた桜の樹の中央のあたり――そこにある梢《こずえ》と梢の間に、ひとりの女が横たわっていた。

「透子!?」

貴通は言った。

透子であった。

家の者たちが透子を下ろし、毛氈の上に横たえると、ふいに、透子の眼が開いた。

透子は、むくりと上体を起こし、晴明を見やった。

「花を散らせたは、ぬしが仕わざか――」

透子が言う。

「はい」

うなずいた晴明、

「あなたは、透子姫ではござりませんね」

透子に向かって言った。

「ほう、わかるか……」

「それへおわす貴通殿のお母上にござりましょう」

「いかにも」

と、透子に憑いているものは言った。

「は、母上――」

貴通が思わず、声をあげていた。

「いったい、何故、かような真似を。それほどに、父上が憎かったのでござりましょうか――」

「違う……」

と、貴通の母は言った。

「違うというのは、いったい何が――」

「たしかに、わたしのことを忘れて楽のことばかりに夢中になっている花麻呂様のことはうらめしかった。少しも通うてもらわれぬ身となるのは、女にとってこれほど辛いこともまたない……」

透子の声をかりて、貴通の母が語っている。

「しかし、それよりも心にかかっていたのは、花麻呂様のことであった。どうせ、かえりみられぬこのわたしなら、桜花《おうか》の一輪となって、このわたしの生命を花麻呂様に捧げようと思うたのじゃ。もしも、願い叶《かの》うて、曲成《な》れば、わたしはその曲の中に生きる。叶わずば花麻呂様も生きてはおられぬ故、あの世にて再び添うこともできようと……」

「それで、あの桜の下で……」

「そうじゃ。ただ、この世に思いが残ったことと言えば、成りし曲『桜散光』を、実際に聴くことが叶わなんだことじゃ。それを願うておるうちに、我が心が通じたか、透子が桜の下で琴《きん》を弾こうと言い出して、この春、二日前にようやくそれが叶うたのじゃ

「……」

「なんと――」

「すでに、我に思い残すことはない。この世に生まれ、思うことのひとつふたつも成れば、それをもって肯《よし》とすべきではないかのう……」

最後のところを、貴通の母は、自分に言い聞かせるように言った。

ふっ、

と、透子の唇に桜のはなびらのような笑みが点り、その眸《め》が閉じられた。

ふらりと倒れかかる透子の身体を博雅が抱きとめた。

透子は、博雅の腕の中で、気持ちよさそうに、眸を閉じたまま寝息をたてていた。

ただ一輪、梢に残っていた桜の花が、吹いてきた風に、五片のはなびらとなって、枝を離れた。

九

「あのようなことがあるのだな……」

博雅がつぶやいたのは、簀子の上であった。

晴明の屋敷だ。

ほろほろと酒を飲んでいる。

　ほろほろと桜が散ってゆく。

「ところで晴明よ、おれにはまだわからぬことがあるのだが……」

「なんだ、博雅」

「あの桜の名だが、どうして、桃実というのだ。それを貴通殿に訊くのを忘れていた」

「そのことか」

「なんだ、晴明、知っているのか」

「知っているというのではない。おそらく、こうであろうと想像はしているがな」

「どのような想像だ」

「おれが知っているところでは、あの桜を桃実というのは、貴通殿の母君が、あそこで亡くなられてからということであったらしい……」

「ほう――」

「桃実の実《じつ》は、他に何と読む？」

「実《じつ》？　それは実《み》ということであろうか」

「そうだ。その実《み》というのはつまり三《み》ということだな」

「なに？」

「三をふたつに分ければ、〝一〟と〝二〟じゃ――」

「う、うむ」

「で、この桃実の桃《とう》は桃《もも》なれば、百《もも》の意であろう。先ほどの〝一〟を桃つまり〝百〟の中に置けば〝百〟。その〝百〟の上に〝二〟――つまり、ふたつの点をつけくわえれば〝首〟じゃ」

「な……」

「最初は、あの首の樹、首の桜と呼んでいたのが、それを忌《い》むようになり、その〝首〟を〝百〟と〝三〟にわけ、それがさらに〝桃〟と〝実〟になっていつの間にか〝桃実〟と言いかえるようになったものであろう……」

晴明は、そう言って、杯の酒を口に含んだ。

「なるほど……」

博雅はうなずいた。

「人というものは、哀しみを忘るるために、さまざまに言葉のはなびらで、それを隠してゆくものなのだな……」

桜は、ほろほろとまだ散り続けていた。

首大臣
くびだいじん

一

梅雨は、まだあけない。

細い柔らかな雨が降り続いているのである。

濡れた庭の草の間を、蟇蛙《ひきがえる》が、のそりのそりと這《は》っている。

桜や楓《かえで》や松の青葉も、露草《つゆくさ》や萱草《かんぞう》の葉も、濡れて光っている。風がないため、葉も草も、ほとんど揺れることがない。雨が太ければ、落ちてきた雨が葉や草を叩く時に、それが揺れるのだが、雨が針のように細いため、雨滴が触れても葉を揺らさないのである。

ただ、葉の先に溜まった雨の滴《しずく》がふくらんで落ちる時、軽くなった葉が上に持ちあがって揺れる。その落ちた滴が、下の葉や草にあたれば、その時だけ、葉や草が揺れるのである。

晴明《せいめい》の庭で、動いているものと言えば、そういう葉や草と、歩く蟇蛙だけである。

晴明と博雅《ひろまさ》は、簀子《すのこ》の上で、酒を飲んでいる。

晴明が纏《まと》っているのは、白い狩衣《かりぎぬ》である。

湿った大気の水分を含んで、いくらか狩衣も重くなっているはずなのだが、晴明が着ていると、わずかな微風にもふわりと袖が持ちあがりそうなほどかろやかに見える。

博雅が着ているのは、黒袍《くろほう》である。

「早く梅雨があけぬものかな、晴明よ——」

博雅は、杯の酒を乾《ほ》してから、そうつぶやいた。

「このような雨もまた風情《ふぜい》があってよいのだが、こう長く降り続くと、おれは無性《むしょう》に月が恋しくなってしまうのだよ。今夜は、十六夜《いざよい》の月であろうかな……」

博雅は、杯を置いた。

傍《そば》にいる蜜虫《みつむし》が、空《から》になった博雅の杯に、酒を注いだ。

軒下《のきした》から、博雅は梅雨の空を見あげ、溜め息をついた。

夜になれば、ちょうどそのあたりにかかるであろうと思われる見えぬ月を、博雅は見あげているらしい。

「望月《もちづき》というのも、それはそれでよいものだが、欠《か》けはじめの月というのも、また風情があってよい——」

晴明は、言い終えたばかりのその紅い唇に、酒と共に微かな笑みも含んでいる。

「その身が欠けて、だんだんと無《な》くなってゆくという、そういう月の姿も、どことなくあわれで趣きがあるからな……」

博雅はうなずいた。

「博雅よ、おれは今、欠けはじめという言い方をしたが、欠けてゆくというのは、実は見た目のことで、実際に月自身が欠けてゆくのではない。あれは、月が、自身の作った影の中に身を隠してゆくという自然《じねん》の現象《あらわれ》でな、月の本体は、いかなる時であろうと、丸いあの姿をしているということなのだな」

「ふうん……」

とうなずいてみせてから、

「確かにそうかもしれぬが、晴明よ、おまえの言い方は、何と言ったらよいか、どうもその風情に欠けるような気がするのだがな――」

博雅は、独り言のようにつぶやいた。

続いて博雅は、また、杯を口に運び、

「天文博士《てんもんはかせ》安倍《あべの》晴明としては、何気なく口にした言葉ではあるのやもしれぬが、おれにはどうもおもしろみがない……」

そう言って、杯の酒を乾した。

「ところで博雅よ」

ふと、何か思い出したように、晴明は言った。

「何だ、晴明」

「まだ言うていなかったが、今日、東三条殿《ひがしさんじょうどの》がやってくることになっている」

「兼家殿《かねいえどの》が……」

東三条殿というのは、太政大臣藤原《だじょうだいじんふじわらの》兼家のことである。

「それはまたどうしてじゃ」

「何やら、さし迫ったことがあるらしくてな。今朝のことだが、ぜひとも火急に会いたいという知らせがあったのさ——」

「ほう——」

「本日は源《みなもとの》博雅様とお会いする約束があるとお伝えしたところ、博雅様さえよろしかったら、ふたり一緒でよいということであったのでな、どうぞと返事をしておいたのだが、それでかまわなかったか——」

「おれはかまわぬが、しかし、どのような話なのだ」

「それが、わからぬのだ」

「兼家殿なれば、通われていたどこぞの姫と何やらややこしいことになったので、助けてほしいということか?」

「ただの色恋の話なら、この晴明のところへわざわざ足を運ぶこともあるまい」

「では、何だ」

「ま、御本人の口から直接うかがうのがよかろう。今、外に車《くるま》がやってきたようだからな――」

晴明がそう言って、ほどなく、

「藤原兼家様、ただいま、お見えにございます――」

蜜夜《みつよ》がやってきて、そう告げた。

二

しかし、やってきたのは、兼家ではなかった。

供の者と共にやってきたのは、凜々《りり》しい風貌をした、二十歳《はたち》ばかりの若者であった。

「道長《みちなが》にござります」

その若者は言った。

藤原道長――兼家の息子で、後に御堂関白《みどうかんぱく》と呼ばれ、権力をほしいままにする人物である。

「初めてお目にかかります。お噂はかねがねうかがっております」

慇懃《いんぎん》に晴明に挨拶をし、

「博雅様にはお久しゅう……」

丁寧に頭を下げた。

見やれば、三人の供の者のうち、ひとりが、錦に包んだひと抱えほどもある四角いものを両手に持っている。

場所を、簀子の上から奥へと移し、道長は供の者たちを退《さ》がらせた。

そこにいるのは、晴明、博雅、そして道長の三人だけとなった。

蜜虫、蜜夜もまた、その場から退がっている。

道長の前には、さっきまで供の者が抱えていた錦の包みがひとつ、置かれている。

「さて、御用のむきをうかがいましょう」

晴明が言うと、

「その件にござりまするが、それは、わが父兼家の口から、直《じか》にお話し申しあげた方がよろしいかと思われます」

道長は、そう言って、錦の包みを解きはじめた。

中から、白木の箱が現われた。

「では――」

そう言って、道長が箱の蓋《ふた》を持ちあげた時――

「むう――」

と声をあげたのは、博雅である。

なんと、箱の中から出てきたのは、人の首であった。

「兼家様――」

博雅が言った。

箱の下部が、低い台になっていて、その台の上に、博雅も晴明も知っている、藤原兼家の首が載《の》っていたのである。

しかも――

「いや、晴明よ、あさましき姿を見られてしもうた……」

その首は、生きていて、動き、口をきいたのである。

「二日前の朝、わたくしを呼ぶ声が聴こえましたので、行ってみましたれば、このような姿に……」

道長が、抑揚を殺した声で言った。

三

その朝――

「道長――」

そういう兼家の声が聴こえたというのである。

「おい、道長、来てくれ。早う」

道長は、兼家の五男である。

同母の兄弟に、道隆、道兼がいるが、その日、家にいたのは、兄弟の中では、道長ただひとりであった。

それで、兼家は、道長を呼んだらしい。

ひどくあわてて、大声を出しているようであったが、同時に周囲をはばかるが如くに声をひそめているようでもあった。しかし、その声の調子から、何やらせっぱつまった様子もうかがえた。

急いで、兼家の寝所に行ってみると、夜具の中から顔を出して、兼家がこちらを見ていたというのである。

奇妙であったのは、上に掛けた夜着が、平《たいら》になっていたことだ。普通であれば、上に掛けた夜着は、人のかたちに盛りあがっていなければならない。その盛りあがりが、まったくなかった。

「どうなされましたか、父上――」

道長が、枕元に膝をついて、夜着をめくりあげた時、そこにあるはずの兼家の胴がなかったというのである。

「父上、これは!?」

道長は驚きの声をあげ、訊《たず》ねた。

「なんというお姿になってしまわれたのでしょう。いったい何が——」

「わしにわかるか」

兼家は、動転しながらも道長に告げた。

「眼を覚ましたら、このような姿となっていたのじゃ」

普通、首だけになったら死んでしまう。

しかし、兼家は生きている。

しかも、痛みがない。傷口から血も流れ出してはいない。そこが不思議であった。

そのうちに、

「熱《あつ》や……」

「熱や……」

兼家が、呻《うめ》き声をあげた。

火で炙《あぶ》られているが如く、身体が熱くなってきたと、兼家は言うのである。

しかし、その熱いはずの身体がそこにない。

やがて、

「痛や……」

「痛や……」

このような声をあげはじめた。

「槍で身体中を刺されているかのようじゃ……」

しかし、道長にはどうすることもできない。

「地獄の炎の山で炙られ、針の山で転んだりするというのは、かようのものか!?」

呻き、叫んでいるうちに、熱さも、痛みも、いつの間にか去ったようであったが、しかし、首だけであるというのは同じであり、どうしたらよいのかわからないということも、同じであった。

「薬師《くすし》か坊主でも呼びましょう」

と、道長が言うのへ、

「呼ばぬでよい。このような姿を見られたくはない」

兼家は言った。

どうしてよいかわからぬうちに、陽が暮れかけて、また、

「熱や……」

「熱や……」

と、兼家が呻きはじめた。

「痛や……」

「痛や……」

と、痛みを訴えるというのも、朝と同じであった。

同じことが翌日も続いて、いよいよ周囲にも隠しきれぬようになった。

兼家は、最初、人に自分の姿を見せるのをいやがった。

「何かの病であれば薬師に、よからぬ呪法《ずほう》の仕業なれば、坊主か陰陽師《おんみょうじ》に診《み》せるのがよかろうかと――」

道長が言っても、

「こんな姿を見せて、評判になったら、もう宮中には上れぬ」

兼家は承知しなかった。

「突然にこうなったのじゃ。明日になれば、突然もとにもどっているということもあろう――」

しかし、一日が過ぎてももとにもどらない。

二日目に坊主を呼んだが埒《らち》があかず、ついに三日目――

「晴明じゃ、安倍晴明を呼べ――」

兼家がそう言い出した。

「かようなことは、晴明が適任じゃ。晴明を呼べ。いや、呼ばぬでよい。こちらから晴明のもとへ出向こうではないか――」

さっそく使者がたてられて、

「今日、こちらまで足を運んだ次第にござります」

道長は言った。

四

「何か、お心あたりは？」

晴明は、兼家に問うた。

「ない」

兼家は、即座に答えた。

「しかし、御当人に覚えがなくとも、他人から見れば、気づくこともござります。どんなに些細《ささい》なことでもよろしいので、何かござりましたらお教え願えませんか――」

「ない」

「本当に？」

晴明が、兼家の顔を、上から覗き込む。

「晴明、そのような眼で、人を見るものではない……」

兼家は、晴明のその視線から、顔を伏せたり、横を向いたりして逃《のが》れることができない。

ただ、視線をそらせた。

「何か、よからぬものの類《たぐい》に近づいたりということは？」

「——晴明よ、つべこべ言わずに、これをなんとかしてくれぬか。ぬしが言うておるのは、これが、怪我であれば、怪我をした理由を言わねば、怪我が治せぬという話ではないか。転んで腕に傷を負ったか、自ら腕に傷をつけたか、そのいずれであれ、怪我を治すということはできるであろうが」

視線を横にそらせたまま、兼家は言った。

「兼家様」

晴明は、そらせた兼家の視線の先へ、顔を動かして、声をかけた。

「そのようにだだをこねるものではございませぬ」

「——」

「ございますね」

晴明が言うと、

「ある——」

しかたなく、兼家がうなずいた。

「何があったのでございます」

「紀長谷雄卿《きのはせおきょう》のことじゃ——」

「あの文章博士《もんじょうはかせ》の？」

「そうじゃ」

紀長谷雄——

承和十二年（八四五）——晴明の頃よりずっと昔に生まれた文人である。菅原道真《すがわらのみちざね》の弟子筋にあたる人物で、すでにこの世の人ではない。

　学九流にわたり、芸百家に通じて、世におもくせられし人なり。


と、ある書に記されている。

「は、長谷雄卿がな、朱雀門《すざくもん》の上で、鬼と双六《すごろく》をした話は知っていよう」

兼家の言葉に、

「はい」

と、晴明はうなずいた。

「長谷雄殿、たしか、その勝負に勝って、天下の美女を得られたということを聴いておりますが……」

そう言ったのは博雅である。

この美女を得た時、長谷雄卿は、鬼からくれぐれも注意をされた。

「よいか、何があっても百日の間、この女に手をつけてはならぬ」

しかし、八十日目の晩、ついに我慢できずに、長谷雄卿、この女に手をつけてしまった。

その途端、女の身体は水に変じて、着物だけをそこに残し、溶けて消え去ってしまう。

そこへやってきた鬼が、さめざめと哭《な》きながら言うには、

「ああ、なんということをしてしまったのだ。何故、約束を守れなかったのだ。あの女は、千人もの女の屍体から、そのよいところだけを集めて作った、おれの傑作だったのじゃ。あと少し我慢をすれば、本物の女となったところなのだ」

そういう話が伝えられている。

「ああ、このおれも、そういう女を手に入れてみたいと、かねがね思うていたのじゃ、晴明――」

兼家は晴明に言った。

ひと月ほど前の月の明るき晩、屋敷の簀子でそのような物語をして、

「ああ、そのような美女、この世におらぬのか――」

しみじみと兼家はそうつぶやいた。

その晩、眠っていると――

「おりまするぞ……」

そういう声が聴こえた。

「おりまするぞ、兼家殿……」

低い、ぐつりぐつりと泥の煮えるような声が、兼家の耳元で囁《ささや》くのである。

ふと眼を覚ますと、兼家の枕元に、ひとりの老人が、差し込む月明りの中で座していたというのである。

ぼうぼうと伸びた白髪。

皺《しわ》だらけの顔。

長い髭《ひげ》。

黄色く光る眸《め》をした老人であった。

「た、たれじゃ」

と兼家が身を起こすと、

「蘆屋《あしや》道満《どうまん》と申すものにござります……」

その老人は言った。

「ど、道満!?」

もちろん、兼家はその名を知っている。

法師《ほうし》陰陽師である。

「さきほど、お屋敷の外を歩いておりましたれば、中より、御物語《おんものがた》りする声が聴こえてまいりました。うかがえば、天下の美女を御所望とか――」

「聴いてたのか」

「はい」

妖怪でも、これほど不気味な顔はできまいというほどの、あやしい笑みを浮かべた。

「その美女、御用意いたしましょう」

「なんだと?」

「聴こえませんでしたか。その天下の美女を、用意いたしましょうと申しあげました――」

「し、しかし、天下の美女というても、ただ美しいだけの美女のことではないぞ――」

兼家の欲しいのは、鬼の作った美女である。

美女の屍体を千体よせあつめ、そのよいところだけを集めた美女だ。

いずれも、若くして死に、この世に思いを残し、哀しみながら死んでいったものに違いない。

その無念を千人分、抱くのである。

白い、なめらかな、しかも冷たいその肌には、死んでいった美女たちの思いが凝《こ》っていることであろう。

それを抱く――

そのことに、兼家は欲情しているのである。

「全て承知しておりまするよ、兼家殿――」

道満は笑った。

「道満、では、ぬ、ぬしがその天下の美女を我がために作ると言うか」

「まさか……」

道満は、黄色い歯を見せて嗤《わら》った。

その歯の向こうで、赤い舌が踊っている。

「その、朱雀門の鬼と、双六勝負、させてさしあげましょう」

「そんなことができるのか？」

「できまする」

なるほど、この漢《おとこ》ならできるだろう——そう思わせるところが道満にはある。

見ていても、人というよりは、鬼や妖魅《ようみ》の類の眷族《けんぞく》にしか思えない。

「しかし、報酬は何じゃ。この兼家にそんなことをして、何が欲しい——」

「何も」

「何もいらぬと申すか。それこそ信用できぬ」

「いやいや、何も欲しゅうないとは言うておりませぬ。ただ、兼家殿にはわからぬものでござりますれば——」

「言うてみよ」

「人の心にござります」

「心？」

「この道満、人の心の闇を啖《くろ》うて生きておりますれば、あなたさまの心の闇をば、啖《くら》わせていただきたいと――」

「よくわからぬ。わかるように申せ――」

「見物させてもらえましょうかな」

「見物」

「兼家殿が、鬼と双六をする。それを見物して、その時にあなた様の揺れ動く心を啖わせていただきたいのでござります」

「ややこしいことを言うな。見物できれば、それでよいということだな」

「はい」

「なれば、たやすいことじゃ。好きにせよ」

「承知――」

五

そして、七日前の晩――

兼家は、家人に内緒で、ただ一人《いちにん》、屋敷を抜け出した。

門の外で待っていたのが、蘆屋道満である。

道満に連れられて、兼家は半信半疑で歩いてゆく。

心の中には、不安と期待が渦巻いている。

おそろしい。

こんな深更《しんこう》に、こんなに妖しい漢とふたりきりで歩いている。

どうして来てしまったのか。

これは、嘘ではないか。

自分は騙《だま》されているのではないか。

そういう不安とは逆に、もしもこれが本当のことであったらという不安もまた兼家にはあるのである。もしも、本当ならば、これから自分は、鬼と対面することになるのだ。たれにも告げずに出てきてしまったのは本当によいことであったのか。

「心が震えておりまするな……」

道満がつぶやく。

「わかりまするぞ。その不安、怯えが、この道満には、たまらぬ馳走じゃ……」

やがて、朱雀門に着いた。

梯子《はしご》が掛かっていて、それで、門上にあがった。

そこに、燈台が立てられていて、灯火が点《とも》っている。その灯りの横に、白い水干《すいかん》を涼しげに着た、ひとりの若い男が座している。

二十歳ばかりの、色の白い、眼の細い美しい男だった。

どこのたれかわからない。

これが、朱雀門に棲むという鬼か、と兼家は思った。

男の前に、双六盤が置いてある。

「ささ、これへ――」

道満にうながされるまま、兼家は、双六盤を挟んで、男の前に座した。

「そなたが兼家か――」

と、その青年は言った。

「兼家じゃ……」

「つまらぬ人相じゃが、欲の色だけは並はずれている。おもしろいと言えば、そこだけじゃ……」

青年が言っているうちに、道満が、横から双六盤を見おろすことのできる位置に座した。

「何を賭ける?」

青年が言った。

「な、何を?」

「女が欲しいのであろう。おまえが勝ったらその女をやろう。しかし、わたしが勝ったら、そなたは、わたしに何をくれるのじゃ……」

「さ、さあ……」

「何も考えてはおらぬのか――」

「長谷雄殿は何を？」

「おお、なつかしい名じゃ。長谷雄は、己れの持つ才の全てを賭けた――」

「で、では、わたしも同じものを――」

「いらぬ」

青年は言った。

「いらない？」

「天下の文章博士、長谷雄の才と、ぬしの才、較《くら》べるだけ愚かなことじゃ。いったい、ぬしに、どのような才があるというのじゃ……」

「さ、さあ……」

「つまらぬなあ、道満」

青年は言った。

「昔、ここで、源博雅という漢と、ひと晩笛を吹きあかし、互いの笛をとりかえたことがあったが、あの漢の半分でもよい、ぬしに笛を吹くことができるか――」

「い、いいえ」

できると答え、では吹いてみよと言われるのを怖れ、兼家は正直に言った。

「そのかわりに、黄金《こがね》でも、屋敷でも……」

「つまらぬ」

青年は言った。

「才こそは、その人物しか持たぬその人物のみのものじゃ。女が美しいのは、その美しさが永遠に続かぬからじゃ。歳をとるからこそ、女が愛《いと》しいのだ。花は散るから美しい。女は、溶けて水になるからこそ、愛しい。思えば、女が水になって溶けてしもうたからこそ、あの漢にとってもよかったのではないか。それでこそ、絵詞《えことば》にもなろうというものじゃ……」

ここまで言われては、兼家も意地になる。

「ならば、このわたしは、くびを……こ、この首を賭けましょう」

思わずそう言ってしまった。

「ほう……」

と、青年の眸が光った。

「一度口にしたことじゃ。もうとりけせぬぞ。では、その首を賭けてもらおうか――」

青年は言った。

「い、いや、そ、それは――」

「とりけせぬ。博打というのは、そういうものじゃ。とりけすというのなら、それでよい。ただ、わたしは、この場で、双六勝負とは何の関係もなく、あなたさまの首を咬わせてもらいまするぞ――」

青年の左右の犬歯が、ぬうっ、ぬうっと伸びた。

もしかしたら、この青年と謀《はか》って、道満が自分を騙しているのではないかという思いが、これで消し飛んでいた。

明らかに、この青年はこの世のものではない。

めろめろと、青年の吐く息も、青白く燃えているではないか。

「や、やります。やらせていただきます」

兼家は、ここへ来てしまったことを激しく後悔しながら言った。

とにかく、今は、やるしかない。

道満に、すがるような視線を向ければ、道満は、にったりとした笑みを浮かべて、こちらを眺めているだけである。

双六ならば、兼家も得意である。

もしも、闘ったり、やりあったりするのであれば、鬼の方が自分よりも強いであろうと思う。

しかし、双六は、出た賽《さい》の目が、勝負の行く末を決める博打である。

いかな鬼といえども、賽の目だけは自由になるまい。現に、この鬼、長谷雄卿に負けているではないか。

「まさか、何かの通力《つうりき》をもって、賽の目をかえたりはなさりませぬな」

勇気をもって、兼家は、鬼に問うた。

「あたりまえではないか――」

青年の眼が、鋭く光った。

「賽の目まで自由にして、何が楽しいものか。約定《やくじょう》を守るからこその我らじゃ……」

勝負が始まった。

一進一退の勝負であったが、明け方近く、ついに青年が勝利した。

兼家は、顔を蒼白にして、がたがたと震えている。

「さて――」

と、鬼が見た時、兼家は、

「わあっ」

声をあげて、後ろへ倒れ込み、泣き出していた。

「お許し下され、お許し下され。何とぞ何とぞ、この首ばかりは――」

じたばたと身を揺すり、腰をよじり、子供のように泣いた。

それを冷めた眸で見やり、

「見苦し……」

小さく吐き捨てて、青年は立ちあがった。

「もう、そんな首など欲しゅうなくなった。道満よ、その見苦しき男を連れて、さっさと帰れ──」

それで、道満は、苦笑いしながら、兼家を屋敷に連れ帰ったのである。

「わ、わしの勝ちじゃ──」

顔を涙でぐしゃぐしゃにしながら、震える声で兼家は道満に言った。

「わしの勝ちじゃ道満。す、双六には負けたが、わしは生きておる。この首も無事じゃ。生きているわしが、勝ちじゃ──」

「いや、そのお言葉、たいへんにおいしゅうござりまするなあ……」

道満は言った。

六

兼家の首から下が消えたのは、それから四日後──つまり二日前の朝だった。

「なるほど、蘆屋道満殿が、この一件にからんでおいでだったのでござりましたか──」

晴明は言った。

「しかし、何故、すぐにそのこと、お話しなされなかったのです」

「い、言えるか。屍体から作った女が欲しゅうて双六をし、しかも負けて、生命が惜しいと泣いた話など、言えるものではないわ――」

兼家は言った。

「しかし、鬼をあいてに双六で負けておいて、賭けの約束を反古《ほご》にしたとあっては、そのくらいの目にはあうことになりましょう――」

「や、やはり、双六のことと、この胴が消えたこと、関係があるということか――」

「はい」

「お、鬼が、これをやったのか――」

「それはおきまして、まず、兼家様のお身体を捜さねばなりません」

「わ、わかるか？」

「見当はつけておりますが、その通りかどうかは、行ってみるまでわからぬでしょう」

「ゆく？　どこへじゃ――」

「兼家様のお屋敷へ――」

「我が屋敷に、身体があると？」

「ですから、それを確認しにまいりましょう」

「う、うむ」

「そもそも、兼家様のお身体とその首、まだ繫《つな》がっております」

「繫がっている?」

「はい。ですから、兼家様は、まだ生きておいでであり、腹もすくのでございます。ただ、お身体の方だけ、陰態《いんたい》となってしまったものと思われます」

「い、いんたいいとな——」

「月が、満ちたり、欠けたりいたしまするが、欠けても月の一部が消えてしまうわけではござりませぬ。月は、月自身の影の中に隠れて、見えぬようになっているだけのこと——」

晴明は、しばらく前に博雅に言ったのと同じことを言った。

「とにかく、まいりましょう」

晴明は、博雅を見やり、

「博雅様も、御一緒に、ゆかれまするか——」

そう問うた。

「う、うむ」

博雅はうなずいた。

「では、まいりましょう」

「うむ、ゆこう」

そういうことになったのであった。

七

三条にある兼家の屋敷に着く頃には、雨はさらに細くなって、雨滴であるのか霧であるのかわからぬようになっていた。

屋敷に入ってから、人払いをし、箱の中から首を出された兼家は、

「やはり、外の空気の方がよいわ」

案外に呑気なことを口にした。

その首を、道長が抱えている。

「どうじゃ、晴明、心あたりを申してみよ」

兼家は言った。

「こちらでは、朝餉《あさげ》、夕餉《ゆうげ》の仕度はどちらでされていらっしゃるのですか――」

晴明が問うと、

「こちらへ」

兼家の首を抱えた道長が先に立って歩き出した。

「こちらが、大炊殿《おおいどの》でございます」

道長は、屋敷の西のはずれにある建物の中に、晴明と博雅を案内した。

板の間と土間が、半分ずつ——土間の方に竈《かまど》があって、同時に四ヵ所で煮炊《にた》きができるようになっている。

今は、鍋も釜も掛かっていない。

「はて、どれでしょうか」

晴明は、竈に歩み寄って、まず、一番右側の焚《た》き口から、中に右手を突っ込んだ。

「どうも違うようですね」

そう言って、手を引き出し、次には右から二番目の竈の焚き口から、手を突っ込む。

「これ、晴明、そんなことで見つかるのか——」

兼家が声をかける。

晴明は、それにかまわず、

「ここでもないようですね」

三番目の竈の焚き口に手を突っ込んだ。

「おや、これは……」

晴明が言った時、

「な、なんじゃ、こそばゆい。これ、どうしたことじゃ、これは——」

言いながら兼家が笑い出した。

「あ、これ……」

兼家が言った時——

「見つけましたよ」

晴明が、焚き口から右手を引き出した。

それを見た博雅が、

「おう——」

と、声をあげた。

なんと、晴明のその右手には、子猫よりさらにひと回り小さい、裸の人の胴が握られていた。

ぽこりと腹の出たその胴は、手足をぱたぱたと揺らしていた。

「これ、くすぐったい、これ——」

兼家は、笑い声をあげている。

「これが、兼家様の胴にござります」

晴明は言った。

「な、なんと!?」

「いかがいたしましょう。すぐにもどされまするか——」

「おう、片時《へんし》も早う、頼む。しかし、そのように小さな身体で大丈夫か?」

「これは、陰態のものにござりますれば、大きさは関係ござりませぬし、特別な呪法ももちいませぬ。ただ、ふたつを合わせるだけで、自《おの》ずともとのようにくっつくでしょう」

さあ——

と、晴明が、道長をうながして、兼家の首を持ちあげさせた。

晴明が、持っていた兼家の身体の切り口を、首の切り口にあてると、それは自然にくっついて、もこりもこりと胴が膨らんできた。

ほどなく、元の姿にもどった時、

「素晴らしいぞ、晴明——」

兼家は、裸のまま小躍《こおど》りして喜んだ。

「しかし、どうしてわかったのだ？」

「朝と夕に、身体が熱くなるとうかがいました。お屋敷の中で、朝晩に火を使う場所なれば、これは竈に違いないと考えたからにござります。時おり、槍で刺されるような痛みがあるというのは、これは、中の炭を、火箸《ひばし》で突っついて動かしている時に、その先端が竈の中の兼家様の身体に触るので、それが痛みとなって伝わったものと思われます」

「しかし、火傷《やけど》もせず、傷も負わぬというのは？」

「陰態のものは、そういうものです」

晴明は言った。

「晴明、よかった。礼を言うぞ。後に褒《ほう》びをとらす故、楽しみに待っておれ——」

裸の兼家は、ぶら下がった一物を隠そうともせずに、そう言った。

「それから、今度《こたび》のこと、くれぐれも口外するなよ。この兼家が、わずかのときにしろ首だけになっていた、などということは——」

「承知いたしましたが、くれぐれもお気をつけなされませ」

「何のことじゃ」

「この世のものならぬものに、みだりに触れてはなりませぬ。今度はかようなことで済みましたが、次は、こううまくはゆかぬこともございましょう……」

晴明は、紅い唇に、小さく笑みを浮かべた。

「よく覚えておきましょう」

兼家のかわりに、そう答えたのは、若い道長であった。

「蘆屋道満というおそろしいものには、触れぬ方がよさそうですから——」

道長は、凜《りん》とした眼を晴明に向けて、はっきりとうなずいていた。

八

夜になって、雨が止み、雲が割れた。

裂け目のような黒い空が覗き、そこに、星と月が光っている。

「ようやっと、月が見えたなあ、晴明よ――」

博雅は、簀子の上から軒越しに天を見あげ、杯を持ちあげて酒を飲んだ。

「それにしても晴明よ、あの、兼家殿の子の道長というのは、聡明そうな人物だな。兼家殿の首を抱えて、顔色も変えていなかった……」

「いずれは、しかるべき場所に立つ人物ということだな」

晴明は、庭の深い闇を見つめている。

そこを、蛍の青い光がふたつ、みっつ、ふわりふわりと、闇を呼吸してでもいるように、明滅しながら飛んでいる。

その中に、黄色く光る、別の光の点が現われた。

そのふたつの光が、ゆっくりと近づいてくる。

晴明が、さっきから見つめていたのは、その光の点であった。

「どうしたのだ、晴明――」

博雅が、杯を運ぶ手を止めて問うた。

「どうやらおいでになったようじゃ……」

晴明がつぶやいた。

「たれがじゃ」

　博雅が闇へ眼を向けると、そのふたつの、黄色い光が庭の暗がりから、月光の中へ出てきた。

「なに!?」

「蘆屋道満殿さ——」

　ぼうぼうと伸びた白髪、ぼろぼろの水干を纏った蘆屋道満がそこに立っていた。

「これはこれは、道満様、お久しゅうございまするな」

　晴明が言うと、道満は、

「兼家がこと、うまく話をおさめたようじゃな——」

　にいっ、と笑った。

「あのような方を、いたずらなさってはなりませぬよ——」

「おもしろいことが、近頃なかったのでな、兼家と遊んでやったまでじゃ」

「その尻ぬぐいが、この晴明のところにまわってまいります」

「ぬかせや、晴明、あんな楽なことで、兼家に恩を売ることができて、弱みまで握り、あの若いのにも顔をつなぐことができたではないか——」

「わたしに、感謝しろと？」

「そういうことじゃ」

「充分に感謝しております。あの兼家殿の首姿を見ることができただけでも、楽しゅうございました」

「であろう」

「ところで、兼家殿を首になされたのは、朱雀門のお方《かた》ではなく、道満様でございましたか——」

「そうじゃ。あのままでは、おれの顔が立たぬでな。あいつが首はいらぬと言うたので、身体の方をさらって、竈の中へ捨ててやったのだ。困れば、いずれ、おまえのところへ泣きついて、こうなるであろうと思っていた……」

「なるほど——」

「ところでな、今夜は、もうひとり、客がおる……」

道満が言うと、道満の背後の闇の中から、すうっと姿を現わしたものがいた。

白い、汚れのない水干をふわりと身に纏った、凜々しい青年であった。

「朱雀門のお方ですね」

晴明が言うと、その青年が、

「博雅様、お久しゅう……」

頭を下げた。

「おう……」

と博雅は声をあげた。

「葉二《はふたつ》はまだお持ちにござりますか――」

「いつでもこれに……」

博雅は、頬を赤くし、懐から葉二を取り出した。

「久しぶりに、葉二の音を聴かせていただこうとやってまいりました。お聴かせいただけますか――」

「もちろんでござります、もちろん――」

博雅は、喜悦に近い笑みを浮かべ、嬉しそうに声を高くした。

「おれは、酒が所望じゃ」

道満が言った。

「では、ぜひ、これへ――」

晴明が言うと、道満と青年は、簀子の上にあがって、そこに座した。

その時には、もう、博雅は葉二を唇にあてている。

道満が、酒の入った杯を持ちあげた時には、葉二から、うっとりするような音色が、月光の中に滑《すべ》り出ていた。

道満、酒を馳走《ちそう》されて死人《しびと》と添《そ》い寝《ね》する語《こと》

一

橘《たちばなの》琦麻呂《きのまろ》は、子供の頃から『観音経《かんのんぎょう》』を読むことが好きであった。

何があろうと、日にいっぺんは『観音経』を読み、となえる。

朝餉《あさげ》、夕餉《ゆうげ》の後には必ずとなえ、多い時には一日中となえていることもある。中身はすべて諳《そら》んじているから、『観音経』をわざわざ見る必要もない。

子供の頃から病気がちで身体も弱かったのだが、八歳の時に家の者から『観音経』のことを教えてもらい、これをどういうわけかすっかり気にいって、毎日これを読み、となえるようになったのである。

『観音経』をとなえるようになってからは、病気になってもすぐに平癒《へいゆ》するようになり、十歳まではとても生きてはおられぬであろうと言われていたのが、十歳を過ぎても他の子供なみに元気に遊んだり、駆けたりができるようになったのである。

ただ、十歳を超えたあたりから、琦麻呂の周囲に、さまざまの不思議のことがおこったり、異形《いぎよう》のものが出現したりするようになった。

十二歳の時に、熱を出して、身体中が痛むことがあった。

色々の薬を飲んだり、塗ったりしたのだがこれがなかなかなおらない。

夜半――

なんだか騒がしいので、眼を覚ますと、身体中に小さな人の姿をしたものが、とりついていた。

頭、眼、鼻、口、耳、腕、手、足、喉《のど》、胸、腹、腰などに戦装束《いくさしようぞく》に身をかためた小さなものたちが立ったり歩いたりしていて、手に持った小さな槍で、琦麻呂の身体を突くのである。

そのたびに、その突かれた場所に痛みが走るのである。

時おり、胸や腹のあたりから、もこりと頭を出してくるものもいる。琦麻呂の身体の中で、心《しん》の臓《ぞう》や肝の臓、骨、血の脈などを突いているものもいるらしい。

数えてみたら、八十二人ほどもいるであろうか。

「あなた方は、いったいどういう方々なのですか。いったい、どうして、わたしをそうやっていじめるのですか?」

琦麻呂が問えば、

「我らは、こうして、ぬしの身体を守ってやっているのじゃ」

と、そのうちのひとりが言う。

「槍で突くのは、おまえの身体を壊そうとするよからぬものたちじゃ。我らは、それを、こうして槍で突きかえして、退治しているのである。痛むのは、槍で突かれたそのものたちが、そこであばれるからよ――」

そんなものかと思っているうちに、やがて眠くなり、琦麻呂はそのまま再び眠ってしまった。

翌朝、目覚めてみれば、身体の痛みは嘘のように消えさっていた。

また、ある時は、次のようなこともあった。

琦麻呂は、腰に木の枝を差した見知らぬ男に手を引かれて歩いていた。

見知らぬ場所であり、周囲に見かける人々も見知らぬ者ばかりである。

やがて、役所のような所へ着き、その中へ入っていった。

赤ら顔で髯面《ひげづら》の長官らしき者の前に引き出されると、

「おいおい、どうしてその子を連れてきたのだ」

長官らしき髯面の男が、帳簿のようなものを開きながら言った。

「その子を連れてきたのはまずい。早々に帰してやるがよい」

すると、琦麻呂を連れてきた男が、

「しかし、いったん連れてきてしまった以上は、何か、代わりのものを連れてこねばなりませぬが——」

と言う。

「それもそうじゃ。ところで、ここへやってきたそもそもの原因はなんじゃ」

「これでござります」

男は、腰に差していた木の枝を抜いて見せた。

「それは？」

「柿の枝にござります」

「では、それを使わせよ」

「はい」

と、うなずいて、男は、再び琦麻呂の手を引いて外へ出、歩き出した。

しばらくゆくと、辻へ出た。

そこで、犬が何匹か遊んでいる。

男は、琦麻呂に柿の枝を握らせ、

「これで、あそこにいる犬のどれでもいいから打ってくるのだ」

と言う。

琦麻呂は、枝を手にして犬たちに近づいてゆき、近くにいた黒い犬の背を、その枝で打った。

おん、
と、ひと声あげて、犬がそこに倒れて動かなくなった。

琦麻呂が覚えているのはそこまでであった。

気がついたら、地面に仰向けに寝て、何人もの人間が上から自分を見下ろしている。

「生きかえったぞ」

「よかった」

見下ろしている人間たちが、口々に言うのである。

「どうしたのです?」

琦麻呂が身を起こすと、

「あそこの柿の樹に登って遊んでいて、落ちたのじゃ」

と、見下ろしている者のうちのひとりが言う。

「握っていた枝が折れたのじゃ。ほれ、その枝ぞ」

そう言うので、琦麻呂が右手を見れば、犬を打ったあの柿の枝をまだ握っていた。

このようなことが、何度となくあったのだが、琦麻呂は、無事に大きくなって、妻をめとり、子供までなすことができたのである。

二

琦麻呂が死んだのは、四十七歳の夏のことであった。

親類の者や、妻や子、家族の者が集まって、その屍体を棺《ひつぎ》に入れ皆で担ぎ、五条大橋を渡っていった。

琦麻呂の骸《なきがら》を、鳥辺野《とりべの》の辺《ほと》りに葬るためである。

橋の中ほどまできたかと思える頃、ひとりの老人とすれ違った。

ぼろぼろの水干《すいかん》を身にまとった、汚ならしいなりをした老人であった。

髪はぼうぼうと伸び、白いものも混ざっている。

額《ひたい》に下がったその髪の間から、黄色く光る眼が覗いている。

老人は、すれ違う時に、棺を眺め、

「ほう……」

と、声をあげた。

「またれよ――」

と、琦麻呂の妻に声をかけた。

妻が足を止めると、行列もそこで止まった。

「なにか?」

妻が言えば、

「亡くなったのは、どなたじゃな」

老人が問うてきた。

「わたくしの夫《つま》で、琦麻呂と申すものにござります」

「どのように亡くなられたのだ」

いつもであれば、こんな汚ならしい老人など、無視して通り過ぎてしまうところなのだが、今日は、亡き夫《つま》の葬儀の日である。たれかに不親切にしたり、恨みを買ったりすると、夫の後生《ごしょう》に障《さわ》りがあるかもしれない。

「それが、何がなにやら……」

妻は、困惑した声で言った。

「三日前、転んだひょうしに顎《あご》を打ち、顎がはずれたままになってしまったのです」

「それで、死んだと？」

「はい」

「しかし、顎がはずれたくらいでは人は死なぬ。何か変わったことはなかったかね」

「そう言えば……」

と言って妻が話し出したのは、おおよそ次のようなことであった。

その時、琦麻呂は、ひとりでいたはずであると、妻は言うのである。

西の簀《す》の上に座して、夫《つま》は庭を眺めていたのであると。

顎がはずれて、それがうまく嵌《はま》らない。

しゃべることができず、ものをうまく食べることができない。涎《よだれ》が垂れ流しになる。

しかし、何かの病気であるというのとは違う。立つことも、歩くことも、座ることも、ふつうにできるのである。一日中横になっていなければならない病を患《わずら》ったわけではない。

それで、その時、琦麻呂は独りで西の簀の上にいたということらしい。

で、声がしたというのである。

「ようやくおまえを連れてゆくことができるなあ――」

という、実に嬉しそうな声であったという。

その声を、妻は耳にしたというのである。

琦麻呂の声ではない。

だいいち、琦麻呂は、顎がはずれていて声が出ないのだ。

たれか、違う人の声であるが、初めて耳にする声であった。

たれかが訪ねてきて、庭へまわり、西の簀の方へ行ったのであろうか。

それで、妻が様子を見に行ってみると、簀の上に琦麻呂が仰向けに倒れて死んでいたというのである。

話を聴き終り、

「なるほど――」

老人はうなずいた。

それで、葬送の列は、また動き出した。

妙なことに、その老人がその後に従ってついてくる。

とうとう鳥辺野に着いて、琦麻呂をそこに埋葬することとなった。

すると、そこで、

「どうじゃ、わしに酒をふるまわんか――」

と、老人が言う。

「たれか、酒を持ってきているであろう。ちょうど、喉が渇《かわ》いたところであったのでな――」

琦麻呂は、生前、酒を好んでいたため、一緒に埋葬してやろうと、たしかに酒を用意してあったのである。

妻も、さすがに、老人のことが気になって、

「確かに酒はございまするが、なぜでしょう。どうして、私どもが、あなたに酒をふるまわねばならないのです?」

「まあまあ、そう言わずに、酒を馳走してくれぬか。悪いようにはせぬ……」

にたりにたりと笑いながら、老人が言う。

妻もなにやら気味悪くなっていると、

「道満《どうまん》様ではございませぬか――」

と、葬送の列に加わっていた、親類の筋の者が言った。

「道満様……？」

妻が、その親類の者に問えば、

「道摩《どうま》法師――蘆屋《あしや》道満様にございまするか――」

と、その者が言う。

「あの、陰陽法師《おんみょうほうし》の……」

と、妻が老人の顔を見れば、

「道満じゃ――」

と、老人はにいっと笑った。

三

老人――
道満は、棺の前の草の上に座し、悠々と酒を飲んでいる。

酒が一升ほども入っていた瓶子《へいし》をすっかり空《から》にしてしまうと、

「さて、礼をせねばならぬな——」

口をぬぐいながら立ちあがった。

「礼？」

「棺を開けよ」

道満は言った。

何故です？

と、妻は問おうとしたが、それをやめた。

すっかり、道満の毒気にあてられて、もうさからう気はない。

蘆屋道満の名は、妻も、そして何人かの人間たちも知っていて、今は言うなりである。

棺が開けられると、道満は中を覗き込み、

「なるほど、やはりなあ——」

そうつぶやいた。

「何が、やはりでござりますのか——」

妻が問うのを無視して、

「たれか、琦麻呂殿の着ているものを脱がせてくれぬか——」

奇妙なことを言い出した。

さすがに皆がためらっていると、

「脱がせよ」

道満は、もう一度言った。

琦麻呂は、着ていたものを脱がされて、全裸になった。

次におこったのは、さらに奇怪なことであった。

道満は、そこで、自らも着ているものを脱ぎ、全裸になってしまったのである。

「さて、では少し眠るか——」

そう言って、道満は、棺の中に入り、全裸の琦麻呂の屍体の傍《かたわら》に横になって、その身体に両腕を回してしっかりと抱きついたのである。

「棺を閉じよ。明日の朝、また来て起こしてくれ——」

道満は言った。

妻も、はじめからこうなるとわかっていたら、橋の上で口などきかぬところであったのだが、いつの間にか、道満に酒を与え、こういうことになってしまったのが不思議であった。

ここはもう、言われた通りにするしかない。

「急がねば、日が暮れるぞ……」

確かに、道満の言う通り、いつの間にか、陽が西の山の端《は》に近づいている。

鳥辺野は、屍体の埋葬地であり、捨てられただけの屍体や白骨が、あちこちにちらばっている。それを犬や烏《からす》が喰いちらかして、あたりはものすさまじい風景である。

臭いも凄い。

ともかく、言われた通りにして、琦麻呂の妻たちは、早々にその場を引きあげてしまった。

四

翌朝――

草に付いた朝露を踏み分けて、琦麻呂の妻たちが鳥辺野にやってきて、

「道満様、道満様……」

棺に声をかけた。

すると、

「おう、来たか――」

中から道満の声がした。

棺が開けられると、

「よう寝たわ――」

そう言って、のびをしながら、中から道満が出てきた。

「よい朝じゃ」

言いながら、道満は、昨日草の上に脱ぎ捨てたものを身につけはじめた。

と――

「ここは、どこじゃ――」

そう言う声がして、棺から、琦麻呂が立ちあがってきた。

口もきちんと動き、はずれていた顎も、今はなおっている。

「まあ!?」

妻たちが声をあげて驚いたのは、言うまでもない。

「これは、いったい……」

と妻が問えば、

「言うたではないか、喉が渇いていてな、酒が欲しかったのじゃ――」

道満が言う。

「そこへ、ぬしらが通りかかった。たれぞが酒を持っているらしく、それがよう匂うたのだ。それに、よく見れば、棺のあたりに、ちらりちらりと彩雲《さいうん》がかかっている。ぬしらには見えなかったのであろうが、あの雲は死人にはかからぬ。棺の主《ぬし》が、まだ生きておるなら、酒の一杯ももろうて、生き返らせてやるのも悪うはなかろうと思うてな……」

後を、道満は言わなかった。

五

琦麻呂の話は、こうであった。

気がついたら、いつぞや見たことのある往来を、手を引かれて歩いていたというのである。

手を引いているのは、子供の頃、妙な役所に自分を連れていった、あの男である。

「どうじゃ、ついにおまえをここへ連れてきてやったぞ――」

男の声は、うきうきとしている。

「本来であれば、おまえは九つ《ここの》の時に、ここにやってくるはずであったのじゃ。しかし、おまえが、毎日『観音経』をとなえているため、それができなんだ。しかし、今日、ようやくそれができるのじゃ」

しかし、琦麻呂には、男の言っていることが、何のことかよくわからない。

「もともとは、この役目を受けおうてから、ずっと、おまえの傍に忍んでいたのじゃが、なかなかそれが叶わなんだ。だが、今度はうまくいった。ぬしの足にからみついて、転《ころ》ばせ、顎をはずしてやったからな。顎がはずれておれば、『観音経』をとなえることは、もうできまいからのう――」

そのまま、手を引かれ、役所の中へ入った。

あの、子供の頃に見た、髯面で赤ら顔の長官の前にまた引き出された。

「ようやっと、琦麻呂を連れてくることができましたぞ——」

と、黒い顔をした男が言う。

前回と違うのは、長官の横に、髪と髯をぼうぼうと生やした老人がいたことだ。

「これ、黒長《くろなが》よ。おまえ、自ら手を下して、琦麻呂が『観音経』をとなえられぬようにしたそうじゃな」

と、赤ら顔、髯面の長官が言う。

「それはならぬ。いくら寿命が決まっているとはいえ、信心や行いによって、それは幾らでもかわるものじゃ。本人自らが、信心を捨てて、経を読まぬとあらばそれでよい。ぬしが、無理に読めぬようにしたとあらば、それはあってはならぬことぞ——」

言われて、男は、きりきりと歯を噛み、

「おれは、一生懸命に仕事をしただけじゃ。それを、そんな風に言われては、もうやっておられぬ。もうやめじゃ、こんな仕事はもうやらぬ——」

そう言った。

その後は、ただぶつぶつと口の中で何やら呻《うめ》くように不満を口にしていたが、何と言っているかは聴きとれなかった。

長官の横にいた老人は、琦麻呂のところへやってきて、その手を取った。

「そういうわけじゃ。では、もどるか――」

それで、また、あの往来を歩いて帰ってきているうちに、

「いつの間にか、こうして目覚めたのじゃ」

と琦麻呂は言った。

「ここまでわたしを連れてきてくれた御老人は、ほれ、そこにおられる御方でござりまするよ」

琦麻呂は、草の上に立って、にたりにたりと笑っている道満を指差した。

六

「さて、もうひと仕事残っておる」

そう言って、道満は、琦麻呂たちについて琦麻呂の屋敷までやってきた。

その仕事というのが何であるか、琦麻呂もその妻も気になったのだが、問うても道満が答えぬため、そのままにした。

「鍋をひとつ――」

と、道満が言うので、家の者が、わけのわからぬまま、鍋を用意した。

「粥《かゆ》が食べたい」

と琦麻呂がいうので、さっそく粥が用意された。

その粥を、琦麻呂が啜《すす》ろうとすると、道満は、粥の入った椀を取りあげ、持っていた鍋の中へ、その粥を入れて、すぐに蓋をしてしまった。

そのまま道満は、竈《かまど》のところへゆき、竈に鍋を掛け、火を焚いて、粥をぐつぐつとおおいに煮てしまった。

しばらくして、蓋を開くと、鍋の中に、黒い六尺ほどもある蛇が、煮えて死んでいた。

「こやつがな、この屋敷の床下に潜んで、ぬしをずっとねらっておったのよ。今度は、閻魔庁《えんまちょう》でしかられたのでな、自らぬしを殺して、はらいせにしようとしたのじゃ――」

道満は言った。

「何故、この蛇が、粥の中にいるとわかったのです?」

琦麻呂が訊いた。

「こやつ、叱られたおりに、このようなことを小声で言うていたのを聴いたのでな……」

〝それにしてもくやしい。この上は、自らの手で、こいつを殺して、おさらばじゃ。生き返って、こいつはきっと粥を喰うに違いない。その時、粥の中に潜んで、こいつの中に入ってやって、おおいに腹の中を喰い荒して殺してくれよう〟

道満は、琦麻呂とその妻を見やり、

「さて、ひと仕事増えたのでな。よかったら酒をもらおうか。いや、瓶子に入れてくれればよい。土御門《つちみかど》大路の晴明《せいめい》のところへ行って、これを飲もうと思っているのでな――」

そう言った。

酒が、道満の言うままに出されたのは言うまでもない。

めなし

一

萩が、揺れているのである。

秋の野面《のづら》のように、庭には野の草が群れて風に揺れているのである。

桔梗《ききよう》。

女郎花《おみなえし》。

狗尾草《えのころぐさ》。

竜胆《りんどう》。

それらの秋の花や草に混じって、こんもりと高く繁った萩が、その紅い花を、風に揺らしているのである。

夏の間、うるさいほどに鳴いていた蟬《せみ》の声が、今はない。

安倍晴明《あべのせいめい》の屋敷――

簀子《すのこ》の上に座して、晴明と博雅《ひろまさ》は、ほろほろと酒を飲んでいる。

ただふたりだけだ。

いつもであれば、蜜虫《みつむし》か蜜夜《みつよ》が酌をしているところなのだが、今日はふたりで飲みたいからと博雅が言うので、蜜虫と蜜夜を、晴明が退《さ》がらせたのだ。

ゆるゆると杯を口にはこび、ゆるりと酒を飲む。

ある時は手酌で、ある時は互いに注ぎあって、ほろりほろりと酒を口に含んでいるのである。

午後の陽が、庭に差している。

暑くなく、寒くなく、ほろ酔いの頰に秋の風がここちよい。

どこからか、微風に乗って菊の香りも届いてくる。

「なあ、晴明よ……」

空《から》にした杯を、盆にもどしながら、博雅は言った。

「なんだ、博雅」

晴明は、持ちあげた杯を、紅い唇の手前で止めて、博雅を見た。

「この季節になると、おれは、いつも、何だか妙な心もちになってしまうのだよ」

「妙？」

「ほんのしばらく前まで、あれほど暑く盛んであったものが、今、あれはどこへ行ってしまったのだろうかな……」

「――」

「風もおだやかになり、花や草の匂いまでがしっとりとして、心まで落ちついてくるようであるのに、それでいて、どこか落ちつかぬ心もちもまた、この胸の奥にはあるようなのだ――」

「落ちつかぬ？」

「うまく言えぬのだが、ああ、これでまたひとつ歳《とし》をとってしまったのだなあと、何やらしみじみとしてきてしまう心もちのことだ。何もできずに、何もせぬうちに、またひとつ齢《よわい》を重ねてしまう。それが困るような、困らぬような……」

「どっちなのだ」

「だから、それがうまく言えぬのだ。ただ……」

「ただ？」

「そのひとつ歳をとるということが、そんなにいやではないらしいという心もちもまた、どうやらおれの中にあるらしいということなのだよ、晴明よ――」

「ふうん」

晴明はつぶやいて、止めていた杯を唇にあて、酒を口に含んで杯を置いた。

「どうやらおれは、晴明よ、歳をとるというのも、それほど悪いものではないと思うているらしいのだ……」

博雅は晴明を見やり、

「おれが、そんな風に想えるというのも、それは、つまり……」

少し口ごもった。

「何なのだ?」

「おまえという人間がいて、こうやって、このように語りながら、酒を飲むことができるという、そういうことがあるからではないかとも考えているのだよ、晴明——」

博雅は言った。

「博雅よ……」

晴明は、そう言ってから空になっていた自分の杯に酒を満たし、

「そういう言葉は、いきなり口にするものではない……」

その杯を手にとって、庭の萩へ眼をやった。

「おい、晴明——」

博雅は、その唇に笑みを浮かべて、

「おまえ、今、照れたのであろう」

そう言った。

「別に、照れてなどおらぬ」

「そうか――」

博雅はさらに笑って、

「おまえもそのような顔つきをすることがあるのだな」

自らの杯に、酒を注いだ。

「ところで博雅よ」

晴明は、話題をかえて、言った。

「なんだ、晴明――」

「もうしばらくすると、ここへ橘　為次《たちばなのためつぐ》殿がお見えになる」

「ほう」

「おれに、相談したきことがあるとのことで、今朝《こんちょう》に使者がやってこられてな――」

「うむ」

「早急《さっきゅう》に会いたいというので、今日は源《みなもとの》博雅がやってくる日であると言うたのだが……」

「おれは、姿を消そうか――」

「いやいや、使者が言うには、博雅様がよくこちらへいらっしゃるというのは存じております。博雅様さえよろしかったら、ぜひとも、おふたりで――とこのように言われてな。かようのこと、初めてのことでもない故、博雅様なればだいじょうぶでありましょうと、おれが勝手に判断をしてそう言うておいたのだが……」

「おれならば、案ずるには及ばない。為次殿さえよければ、おれにはどういう問題もない――」

博雅は言った。

そして――

橘為次が、従者に手を引かれてやってきたのは、それからしばらくしてからのことであった。

二

座した為次は、烏帽子《えぼし》の下――額《ひたい》から頭の後ろへかけて、麻の紐を結んでいた。

そして、額にかかった麻紐から、一枚の紙を前へ垂らしていた。そのため、紙によって顔が隠れ、どのような貌《かお》つきをしているのか見ることができない。

挨拶は、短かった。

挨拶が済んでも、家人《けにん》は為次の傍《かたわら》を離れることなく、為次の手を握ってその横に座したままだ。

「本日、おこしなされたは、いったいどのような相談事あってのことにござりましょう」

晴明は訊ねた。

「その額から下がった、お貌を隠している白い紙に関わりのあることでございましょうか——」

「はい」

為次がうなずくと、為次の家人が、手を伸ばし、為次の貌にかかった紙を、はらりと取り去った。

その下から現われた貌を見て、

「おう……」

思わず博雅が声をあげていた。

「相談いたしたきことというのは、まさに、今、おふたりが御覧になっているこのことなのでございます」

為次は言った。

その為次の貌——それは、博雅が思わず声をあげてしまったというのも、仕方のないことであった。

なんと、為次のその貌からは、両眼《りょうがん》が消失していたのである。

眼窩《がんか》が、急に落ち窪んで、そこがほら穴のようになっている。そこへ、瞼《まぶた》の皮ばかりが、窪みの内側の面に沿って張りついているだけのようにも見えた。

なんとも、不気味で奇怪な相貌であった。

「いったい、何ごとがございましたか？」

晴明が問うた。

「はい……」

と為次はうなずき、そして、次のような話を始めたのであった。

三

三日前の晩——

為次は、糺《ただす》の森《もり》に出かけたというのである。

糺の森というのは、下鴨《しもがも》の社《やしろ》の境内に広がる森のことだ。社の南側とその周辺——高野川と賀茂川の合流するあたり一帯の広大な森が、糺の森である。

椋《むく》、榎《えのき》、欅《けやき》、樫《かし》、椿《つばき》などの他、さまざまな雑木《ぞうぼく》が生《お》い繁《しげ》り、昼なお暗い。

夜ともなれば、なおさらである。

神域とはいえ、妖魅《ようみ》、魍魎《もうりょう》の類《たぐい》が徘徊《はいかい》する。

何故、為次が、深更《しんこう》にそのような場所へ出かけたのかというと、

「賢木《さかき》参《まい》りをしていたのでございます」

ということであるらしい。

森の中に、瀬見《せみ》の小川という川が流れている。

この川の辺《ほとり》に、一本の——いや、二本と言うべきか——榊《さかき》の木が生えているのである。

株《かぶ》——つまり、根はふたつある。

幹《みき》もふたつで、もともとは別々に生えた二本の榊が、互いに上で枝を伸ばし、その枝と枝が触れあい、ある時つながりあってしまったものだ。枝と枝がからみあって離れなくなってしまったのではない。枝と枝が同化して、ひとつになって、いわゆる連理《れんり》の枝《えだ》となってしまったものである。

これは、糺の森には昔からあって、それが枯れると、いつの間にか、森のどこかで、また、榊と榊の枝がくっついて、連理の枝ができる。つまり、これまで、糺の森の中で、連理の枝を持つ榊の木の存在がとぎれたことはないということになる。

白楽天《はくらくてん》の『長恨歌《ちょうごんか》』にも、この連理の枝のことは歌われており、古来、連理の枝は、仲よきことの象徴《しるし》であった。それで、糺の森に生えたこの連理の榊の木が、信仰されてきたのである。

愛《いと》しい御方《おかた》と結ばれたいと思う者は、深夜にここを訪れて祈れば、その思い通じて、その方との思いがとげられると言われているのである。

これが、賢木参りである。

「実は、この為次、前々より想う方のござりまして、しかし、歌を送りましても、文を送りましても返事がなく、想い余っての賢木参りにございます」

夜――

丑《うし》の刻（午前二時頃）に参って、二十八日目が満願の日である。

「その二十八日目が、件《くだん》の三日前の晩であったのでござります……」

その晩――

為次は、糺の森の中を歩いていた。

想いを成就させるには、一人《いちにん》で参らねばならず、車や供の者たちは、いずれも賀茂川に掛かった橋のたもとに待たせてある。

為次ただひとりである。

頭上に月があって、樹々の梢《こずえ》のまばらなあたりからは、月明りが天から森の底まで落ちてきている。その月明りがなければ、真の闇である。

手には、紙の赤き札と白き札を持っている。

連理の榊まで行ったら、ふたつの榊の幹に、赤き札と白き札を張り、祝詞《のりと》を唱《とな》えるのである。

そろそろ、連理の榊であろうかと思えるころ、為次は、妙なものを見た。

件の榊のあたりに、何か動いているのである。

青いような、白いような、何かぬめぬめとしたようなもの。

何か!?

それでも、為次が歩いてゆくと、その白っぽいものが、ちょうど榊のあたりに差した月光の中に出た。

見るなり、

〝あなや〟

と、為次は心の中で声をあげた。

足を止めていた。

それは、人であった。

しかも、女だ。

裸の女が、一糸もまとわぬ姿で、地を這《は》っているのである。それも、犬のように這うのではなく、蜘蛛《くも》か虫のように、手足を四方に広げて、地を這っているのである。

その女は、這いながら、地に鼻をこすりつけ、落ち葉をのけて、そこへ顔を伏せる。

その顔が持ちあがった時、為次は、
むむう……

と息を呑んでいた。

その女の口に、大きな百足《むかで》が咥《くわ》えられていて、ぞろりぞろりと無数の足を動かし、まだ口の外にある胴が、ぐねぐねと動いて、女の唇や頬を、ぴたりぺたりと打っていたからである。

その百足が、女の口の中に消え、女は口を動かした。百足を嚙んでいるのである。

やがて、また、女が地に顔を伏せる。

女は、森の底を這いながら、蟲《むし》を喰《く》っていたのである。

「あっ……」

と、為次が、思わず声をあげてしまったのは、仕方がない。

しかし、その声が女に届いていた。

女の顔があがり、緑色に光る眸《め》が、為次を見た。

哀しい、こわい眸だ。

這いながら、女が近づいてくる。

その口には、百足が咥えられている。

おそろしい。

おそろしいがしかし、為次は逃げることができない。女の眸から視線をそらすことができないのだ。

「よくもご覧《らん》じなされましたなあ……」

そう言いながら、女がこちらに這ってくる。

「よくもよくも、このようなあさましき我が姿をご覧じなされましたなあ……」

女が、眼の前に来た。

「その眼か。このめだまが、我が姿を見たのか——」

女が、足で立ち、為次にしがみついてきた。

その左眼に、女の生あたたかい唇があてられた。

のぽっ、
目だまを吸い取られた。

「痛っ」

と、声をあげたが、逃げることはできなかった。

次が、右眼であった。

右眼に、口があてられ、ねろりと眼球の表面を舌で舐《な》められたかと思うと、
ぬぽっ、
と、右の目だまを吸いとられていた。

そして——

あまりに、為次のもどるのが遅いので、供の者たちが心配してやってくると、眼の見えなくなった為次が、森の中を、おろおろとさまよっているのを見つけたのだという。

四

「おおよそのところは、うかがいました……」

晴明は言った。

「で、この晴明に相談したいというのは？」

「このわたくしの目だまを取りもどしていただきたいのです……」

為次は言った。

「目だまを？」

「はい」

為次は、うなずいた。

「すでに、目だまはわたくしの顔から無くなってしまいましたが、実は、まだ何やら見えているのでござります」

「ほう」

「何やらの高い樹がそびえているのが見え、その向こうに、青い空が……」

「――――」

「そして、不思議なことに、その青い空に、魚が泳いでおります……」

「魚、ですか」

「はい。夜ともなれば、また見えなくなるのですが、朝になるとまた、同じその光景が見えてくるのでございます」

「ということは、その女、陰態《いんたい》のものにございますね」

「陰態……」

「普通であれば、目だまをとられれば、もう見えませぬ。そればかりか、もとの身体にその目をもどすこともかないませぬ。しかし、陰態のものなれば……」

「もどると？」

「はい。陰態にその目だまがあればこそ、まだ見えているのでございましょう。その目だまが陰態にあるということはつまり、それを取っていった女が、陰態のものであったということにございます――」

「で、では――」

「その眼、もとにもどるやもしれませぬ」

「それはありがたい」

「で、為次殿にうかがいたきことがひとつ――」

「なんでございましょう」

うろのように空《あ》いた眼のあった場所を、為次は晴明に向けた。

「その女に、見覚えは？」

「女に!?　いいや、見覚えはございませぬが……」

為次は言った。

「なれば、これから出かけましょう」

「いずれへ？」

「糺の森にござります」

「あの、おそろしい場所へ？」

「眼をとりもどしたくはないのですか」

「ゆけば、とりもどせるのですか――」

「おそらく」

うなずいて、晴明は博雅を見やり、

「博雅様は、いかがなされますか」

そう言った。

「いかがとは？」

博雅が言う。

「御一緒にゆかれまするか――」

「う、うむ」

「ゆかれまするか？」

「ゆこう」

博雅は言った。

「まいりましょう」

そういうことになったのである。

五

晴明は、瀬見の小川の川岸に立ち、眼の前の連理の榊を見あげている。

確かに、二本の別々の榊から伸びた枝が、宙で繋《つな》がっている。ちょうど、人の頭よりも三尺ほど上のあたりである。

晴明は、視線をもどし、為次を見た。

顔に白い紙を垂らし、為次は、供の者ふたりに支えられて、榊の根元に立っている。

「為次殿、今、木が見えておりますか？」

晴明が訊ねた。

「はい」

「魚は？」

「魚も、同じように、空を泳いでおります」

「では、もしも、その魚がふいにどこかへ泳ぎ去ってしまったら、それをわたしに教えていただけませぬか――」

晴明は、そう言って、瀬見の小川の川岸に沿って、上流に向かって歩き出した。

いくらも行かないうちに、

「あっ」

と、為次の声があがった。

「今、い、今、何匹かいた魚がさっと姿を消しました！」

「なるほど――」

晴明は足を止め、

「では、こちらへいらして下さりませ」

そう言った。

供の者に手を引かれ、為次が晴明のところへやってきた。

博雅も一緒にやってきて、

「何かわかったのか、晴明よ――」

そう問うた。

「どなたか、川にそっと入って、下流からゆっくり上へ、川底を覗きながら歩いてはいただけませぬか――」

晴明の言葉に、

「わたしが——」

と言ったのは、為次の右手を引いていた家人《けにん》であった。

その家人は、晴明が、このあたりからと指示した場所から、川に入った。

浅い。

浅い場所は、くるぶしくらいまでであり、深いところでも、膝までは濡らさない。

「下流からなら、上流の水は濁りませぬ故、ゆっくりと、上へ……」

晴明に言われ、ひと足、ふた足と、上流へ足を踏み出していた家人が、

「あ、ござりましたぞ！」

声をあげた。

水中に右手を入れ、川底から何かを摑みあげ、

「こ、これに——」

その手をあげた。

その指に、丸い目だまがつままれていた。

「おう、目まぐるしく景色がまわって、何が何やら……」

為次が、身体をふらふらと揺らしている。

供の者の支えがなければ、倒れてしまいそうであった。

晴明は、家人から目だまを受け取り、両手で包んだ。

「おお、何やら一方の眼が、暗くなったような……」

「暗くなったのは、右眼にござりますか、左眼にござりますか――」

「み、い、いや、ひ、左か――」

迷いながら、為次は言った。

「では、これは、左眼のようでござりまするな」

晴明は、川から見つかった目だまを、両手で覆《おお》ったまま、

「今は、何が見えておりまするか?」

為次に問うた。

「木、木じゃ――」

「魚は?」

「もう、見えぬ。今は、木のみが……」

「それは、何の木でござります?」

「か、樫《かし》か……これは――」

「では、皆様、次は、近くの樫の木の根元をお捜し下され。ただし、目だまを踏まぬよう、足を踏み出す時は、ゆっくりと――」

晴明に言われて、捜すうちに、

「おう、これじゃ――」

一本の樫の木の根元から目だまを拾いあげたのは博雅であった。

それを受け取り、

「これで、為次殿の、左右の目だまが揃いましたな」

晴明は言った。

「その目だま、も、もどるのでござりまするか――」

「はい」

晴明は言った。

「博雅様、まずはこのふたつの目だま、持っていていただけましょうか――」

「う、うむ」

博雅が、その目だまを受け取った。

「では、為次殿、動かれてはなりませんよ」

晴明は、そう言って、為次の左の瞼を左手の指でつまみ、引っぱった。

「博雅様、左の目を――」

晴明は、博雅から左の目を受け取り、瞼の隙き間から、つるりとそれを中へ押し込んだ。

左手の、人差し指、中指の二本で瞼を押さえ、その指を、さらに右手で押さえ、

「もどらせたまえわたらせたまえきよきものはきよきまままわろきものはきよきものとな

りてそのもののものとしてあるべきところへわたらせたまえ……」

そう唱えて、手をはなした。

「いかがでござります」

おそるおそる左眼を開き、

「お、おお、見える！」

為次は叫んだ。

「おう、見えまするぞ、見えまするぞ、眼が見えまする。眼の前に晴明様が、そして、あちらに博雅様が――」

晴明は、同様にして、為次の右眼ももとにもどしたのである。

六

「さて、為次殿、そろそろ、本当のところをお話しいただけますか――」

晴明は言った。

「本当のところ？」

「三日前の晩、あなたがここで出会われた、這う御方です」

「そ、それが、何か――」

「あなたは、その御方が、たれであるのか、本当は、よく御存知なのではありませんか

「――」

「ま、まさか……」

「あれをごらんいただけますか」

晴明は、顔をあげ、頭上を指差した。

ちょうど、連理の榊の、枝と枝が繋がっているあたりであった。

「それが、何か――」

「あそこに、大きな女郎蜘蛛が、巣を造《つく》っております……」

「あ、はい……」

「あなたは、あの蜘蛛を使って、このひと月近くの間、あなたの愛しい御方に呪《しゅ》をかけていたのですよ」

「し、呪を!?」

「はい」

晴明は、うなずいた。

「蟲《むし》を使う呪は、壺毒《こどく》をはじめとして、幾つもござります。ただの蟲でさえ、呪に使えることに加えて、ここは、このあたり一帯を統《す》べる下鴨の御神《おんかみ》の神域にござります。かような場所であるからこそ、この連理の枝も、縁を結ぶ力を持っているのです。その連理の枝に、巣を造りたる蜘蛛とあらば、また格別の力もござりましょう……」

「——」

「願をかけるのも、また、呪のひとつにございます。為次殿、あなたはあなた御自身が知らぬうちに、想う御方に呪をかけていたのでございます——」

「な、なんと!?」

「蜘蛛の心の自然《じねん》は、蟲を捕えてそれを啖《くら》うこと。あなたは、気づかぬうちに、連理の枝と蜘蛛の力を遣《つか》い、愛しい御方をここに捕え、蜘蛛が蟲を啖うように、その方に蟲を啖わせたのです」

「な……」

言葉を失った為次に、晴明は訊ねた。

優しい声であった。

「どなたなのです」

「まだ、何とでもなりましょう。ただ、その御方がどなたで、どこに住んでいらっしゃるかがわからねば、わたしもどうしようもできませぬ」

「ろ、六条堀川の、ふ、藤原信麻呂《ふじわらののぶまろ》様の娘、み、通子《みちこ》殿じゃ……」

「では、さっそくに、六条堀川に参りましょう——」

「通子殿のところへ?」

「はい」

晴明は微笑した。

「通子様、ただ今、原因不明の御悩《おんなやみ》にて、眠ったままでござりましょう。夜になると、御魂《みたま》のみが外へさまよい出て、この場所で、あなたが御覧《ごらん》になったようなことを、また繰り返すこととなるでしょう――」

「本当に？」

「ええ。ことによったら、どこぞの僧か陰陽師《おんみょうじ》を呼んで、何かしているやもしれませぬ。そうなれば、事の原因が、あなたが姫にかけた呪にありと、露見しているやもしれず、あるいは、それよりもっと、危ないことになっているやもしれませぬ――」

「危ないこととは？」

「もしも、姫の魂《たま》が外へ出ている間に、下手《へた》なことをすれば、魂はもとへかえることはできずに、あなたがご覧になった姿のまま、その肉体が死するまで、この糺の森を、蟲を喰いながらさまようことになるやもしれませぬ」

「ど、どうすれば……」

「この晴明を、姫のもとまで連れてゆき、姫が御悩《ごのう》とうかがいましたので、これに安倍晴明を連れてまいりました、姫の御病《おんやまい》のこと、わたくし為次とこの晴明殿におあずけ下されたく、やってまいりました――このように家人に伝えれば、あとはなるようになるでしょう」

「な、何とぞ、よろしゅうにお願いいたします」

為次は、頭を下げた。

「では、まず、どこぞで棒を拾い、あの巣を壊してから、六条へまいりましょう」

晴明は言った。

七

六条まで出かけてゆけば、果たして晴明の言う通り、通子姫は眠り続けているという。

出てきた家人は、今夜から、陰陽師がやってくることになっているのだと言った。

「この晴明が来た以上、その陰陽師のやることは、もう、なくなりましょう」

晴明は、そう言って、姫の枕元に座して、その額に右手を載《の》せ、低く何やらの呪《しゅ》を唱えはじめた。

幾らも唱えぬうちに、姫は眼を開き、晴明を見た。

「お目覚めですか」

晴明が問えば、

「ええ――」

姫は答えた。

「何だか、とても、怖い夢を見ていたような……」

「今夜からは、もう、そんな夢を見ることはありませんよ」

晴明は、優しく微笑して、

「皆、そこにいる為次様のおかげにござります」

このように言ったのである。

その後——
めでたく、為次が通子姫のもとへ通うようになったという噂が、晴明と博雅の耳にも届いてきたのだが、それがいつまで続いたのかということまでは、定かでない。

新山月記

一

橘季孝《たちばなのすえたか》は、狷介《けんかい》な漢《おとこ》であった。

容貌魁偉《ようぼうかいい》――

毛が濃かった。

髭《ひげ》のみならず、胸毛、脛毛《すねげ》、腕までが毛むくじゃらで、二の腕はもちろん、手の甲まで毛が生えていた。

腕力《かいなぢから》もあった。

素手で猪《しし》を打ち殺し、その肉を啖《くら》うこともあったと言われている。

ただ、文才があった。

幼き頃より『白氏文集《はくしもんじゆう》』を諳《そら》んじ、筆を持つより先に、棒を持って地面に詩を書いたという。

不思議なことに、季孝の書く詩は、その容姿とは裏腹に、繊細で、情がこまやかであった。

詩人の中では、とくに唐の白楽天《はくらくてん》を愛し、

「唐の詩人と言えば、李白《りはく》翁ありといえどもまずは白楽天をもって、その一《いち》とすべし」

このように言ってから、

「我が日本国においては、まず菅原道真《すがわらのみちざね》公の名を挙げねばならぬが、今日《こんにち》のことで言えば、この橘季孝——おれが第一ということになろうかよ」

杯を持つ手で、自分の胸を叩いては、酒をこぼした。

酒で興がのれば、白楽天の詩を吟《ぎん》じた。

大学寮に入り、ゆくゆくは文章博士《もんじようはかせ》となるのを夢見ていたのだが、試験にはことごとく落ちた。それでも、なんとか、擬文章生《ぎもんじようしよう》となったのが三十歳の時であった。

同期の者が、次々に試験に及第して、文章生となり、文章得業生《もんじようとくごうしよう》となってゆくのを、歯を噛みながら、見ているばかりである。

同寮の者と酒を飲めば、

「このおれが、おまえたちと同じ擬文章生か——」

酒臭い息と共に、そう吐き捨てる。

飲めば、荒れて乱暴になる。

「おれともあろうものが、こんなはした役で朽《く》ち果てるのか——」

荒れたあげくに、

「大江《おおえ》の名に生まれねば、出世もできぬ世だからな」

と嘯《うそぶ》いた。

〝大江の名〟

と季孝が口にするのにも理由がある。

文章博士には、ふたつの枠があった。

ふたりの人間が、同時に文章博士の役につくことができるのだが、延長七年（九二九）に大江維時《おおえのこれとき》が文章博士となったのをきっかけに、大江朝綱《あさつな》がもう一枠の文章博士の座に着いてから、文章博士は、ずっと、二枠とも大江氏が代々継ぐようになってしまったのである。

文章博士の職が、世襲制と言ってもいいものになってしまったのだ。

これを、季孝は不満に思っているのである。

しかし、文章博士はふたりだが、その下の文章得業生にもふたつの枠があり、その下の文章生には、二十人がなることができるのである。

季孝は、まだ、その下の擬文章生であった。

文章については、たれよりも自分に才があると季孝は思っている。

しかし、このような調子であったから、しまいにはたれも寄りつかなくなった。ただ、唯一、瀬田忠正《せたのただまさ》という者だけが、季孝の詩を好んでいたことから、

「酒はやめよ」

と意見をした。

「ぬしなどどうなってもよいが、ぬしの詩の才を惜しむから言うのじゃ」

しかし、季孝は、それを聞かなかった。

生活は苦しくなるばかりで、わずかにいた使用人もいなくなり、ついには食べるものまでなくなって、酒で飢えをしのぐうちに、病を得て倒れた。

高熱が身体を焼いた。

「熱《あつ》や」

「熱や」

痩せ細り、幽鬼同然の姿となって、呻《うめ》いた。

自らの肉体が発する熱が、もはや耐え難い。

業火《ごうか》で、身の内側から身体を焼かれるようである。

ついに、狂った。

ある月凄愴《せいそう》の秋、ごうごうと吼《ほ》えながら、屋敷から外へ跳び出して、季孝はそのまま行方知れずとなってしまったのである。

二

「いや、まったくもって、不思議な話だなあ、晴明《せいめい》よ……」

昏から、杯を離しながら、源博雅《みなもとのひろまさ》は言った。

「うむ」

と、うなずいた晴明は、酒の満たされた杯に手を伸ばしもせず、夜の庭に眼をやっている。

安倍《あべの》晴明の屋敷――

その簀子《すのこ》の上に座して、晴明と博雅は酒を飲んでいるのである。

すでに、秋は終りかけていた。

青い月光が、枯れかけた庭の秋草を照らしている。

いつ、初霜が降りてもおかしくない、そういう季節の間《はざま》であった。

博雅が、不思議と口にしたのは、このところ都を騒がせている獣のことである。

はじめは、八日前の夜のことであった。

藤原家文《ふじわらのいえふみ》が、供の者何人かと共に、女の元へ通ったというのである。

四条大路を西へ向かった。

朱雀院《すざくいん》のあたりを過ぎた頃、前方――つまり西の方角から、くろぐろとした、何やら大きな獣が、悠々として歩いてきたというのである。
犬でもない。
狼でもない。
猪《しし》でもない。
見たこともない獣であった。
強いて言うなら、巨大な猫のようであった。
家文の乗った車を牽《ひ》く牛よりも大きい。
何か!?
と、思う間もなく、
ごう、
と吼えて、その獣が襲ってきたというのである。
最初に、松明《たいまつ》を持った者が襲われ、首をひと齧《かじ》りに喰いとられた。
ふたり目は、前肢《まえあし》で打ち倒され、これは腹から喰われた。
その時には、供の者たちは皆逃げていて、車の中に、ただひとり家文だけが残された。
車の中で、震えながら、家文は供の者が腹を喰われる音を聴いていたのである。
喝《かっ》、
喝《かっ》、

と、肉を喰いちぎり、
がつん、
ごりん、
と、骨を嚙み砕く音が聴こえてくる。

「痛《いた》や」

「痛や」

という、腹を喰われてゆく男の声がしばらく聴こえていたが、すぐにその声は聴こえなくなり、あとはただ、獣が人の肉と骨を啖う湿った音が、闇の中から聴こえてくるばかりである。

いったい、何を間違ったのか。

この夜は、お抱えの陰陽師《おんみようじ》に、きちんと方位を占わせ、方違《かたたが》えをして出てきたのだ。

どこもしくじってはいない。それとも、陰陽師さえ知らぬ、得体の知れぬ神の通り道にひっかかってしまったのか。

家文は、涙をこぼしながら手を合わせている。

やがて――

人ふたりを喰らい、腹がくちくなったのか、いつの間にか肉を咀嚼《そしやく》する音が止んで、獣の重そうな気配が動くのがわかった。

獣の気配が、地を踏みながら遠くなってゆく。
声が聴こえた。

分散骨肉恋　(分散《ぶんさん》して骨肉《こつにく》を恋《こ》い)
趨馳名利牽　(趨馳《すうち》して名利《めいり》に牽《ひ》かる)

何かの詩のようであった。

一奔㆓塵埃馬㆒　(一《いつ》は塵埃《じんあい》の馬《うま》を奔《はし》らせ)
一汎㆓風波船㆒　(一《いつ》は風波《ふうは》の船《ふね》を汎《う》かぶ)

たれかが、詩を吟じながら、獣の気配と共に遠ざかってゆく。
いったい、たれなのか。
獣と一緒にいて、そのたれかは、獣に襲われぬのか。
それとも、これは、獣がその詩を吟じているのか。

忽憶分㆑首時　(忽《たちま》ち憶《おも》う首《こうべ》を分《わ》かちし時《とき》)

憫黙秋風前　（憫黙《びんもく》たり秋風《しゅうふう》の前《まえ》）
別来朝復夕　（別《わ》かれてより朝《あさ》復《また》夕《ゆう》べ）
積ㇾ日成㆓七年㆒　（日《ひ》を積《つ》んで七年《しちねん》となる）

やがて、詩を吟ずる声とともに、獣の気配がすっかり消えた。

しかし、それでも、家文は車の中から動くことができなかった。

朝になって、逃げていた者たちがもどってきて、車の中にいる家文に声をかけるまで、家文はそこで震えていたのである。

そういうことが、七日前の晩と、三日前の晩にもあった。

七日前の晩は、藤原定忠《ふじわらのさだただ》が、三日前の晩は、源信之《みなもとののぶゆき》が同様の目にあって、合わせて供の者五人が、その獣に喰われているのである。

そのいずれの時にも、獣が去ってゆく時に何者かが詩を吟ずる声を、生き残った者が耳にしている。

花落城中地　（花は落つ城中《じょうちゅう》の地）
春深江上天　（春は深し江上《こうじょう》の天）
登ㇾ楼東南望　（楼《ろう》に登りて東南を望《のぞ》めば）

鳥滅煙蒼然　（鳥滅《めっ》して煙蒼然《けむりそうぜん》たり）
相去復幾許　（相去《あいさ》ること復《ま》た幾許《いくばく》ぞ）
道里近二三千一　（道里《どうり》三千《さんぜん》に近《ちか》し）
平地猶難レ見　（平地《へいち》すら猶《な》お見難《みがた》し）
況乃隔二山川一　（況《いわ》んや乃《すなわ》ち山川《さんせん》を隔《へだ》つるをや）

さびさびとした声であった。

何者が吟じているのか。

獣以外に、他にたれもおらぬので、これはその獣自身が吟じているのではないかということになった。

その詩の詞《ことば》を、聞いた者から合わせてみたところ、

「これは、白楽天の『寄二江南兄弟一《こうなんのけいていによす》』という詩ではないか」

と言う者があらわれた。

調べてみたら、その通り、これは白楽天の詩であった。

しかし、この詩を朗詠しているのが、獣であるにしろ、どうして、それを吟ずるのか。

わからぬことが多かった。

獣だとしても、どうして、獣が人の言葉を発することができるのか。

「いや、ただの獣ではない。見た者の話によれば、それは、虎《とら》というものであろう。我が日本国にはおらぬが、虎と言えば、龍に並ぶ神獣である。神獣なれば、人の言葉くらいは発することもあろう」

そう言う者もいた。

しかし、結局、理由がわからぬまま、夜に都大路《みやこおおじ》を出歩く者はいなくなってしまったのである。

三

「虎というものを、おれはまだ見たことはないが、この日本《ひのもと》の国にも、いたということなのかな、晴明よ――」

博雅は言った。

「おれの知る限りでは、耳にしたことはない。しかし、見たことがない、耳にしたことがないからといって、虎がおらぬと言いきれるわけではないがな……」

晴明はつぶやいた。

大気は、しんしんと冷え込んでいる。

灯火をひとつだけ点《とも》してはいるが、それがいかほども大気の温度をあげているわけではない。晴明と博雅、両方の前に用意された火桶《ひおけ》の火が、かろうじて暖かみがあるだけである。

この虎の騒ぎのおかげで、まだ明るいうちに訪れて、博雅は、今夜は晴明の屋敷に泊まってゆくことになっている。

ふたりで、ゆるゆると酒を飲んでいると、

「お客様のお見えにござります」

蜜虫《みつむし》がやってきて、来客のあるのを告げた。

「たれじゃ」

と晴明が問えば、

「瀬田忠正様のお家《いえ》の方にござります」

蜜虫が答えた。

「はて――」

と、晴明が首を傾《かし》げたのは、覚えがなかったからである。

今夜、たれかが訪ねてくるということにはなっていないはずだ。

それに、宮廷では、虎騒ぎのことで、夜に出歩く者がいるとは思えない。

「晴明よ、瀬田忠正と言えば、文章得業生の瀬田殿のことではないか――」

「うむ。かような時に訪ねてくるとは、よほどの仔細《しさい》があるのであろうよ」

とつぶやいて、

「通せ」

と、晴明は、蜜虫に言った。

ほどなく、蜜虫に案内されて、六十歳くらいかと思われる、品のよさげな男がやってきた。

「伴仲臣《とものなかおみ》と申しまする」

その男は、晴明と博雅の前に座すなり、まず頭を下げた。

それに対して、晴明が名のり、博雅が名のった。

続いて口を開こうとする仲臣に対して、

「このような時においでになるとは、お急ぎの御様子ですね。細かい挨拶はぬいて、まずお話をうかがいましょう」

晴明が言うと、

「では――」

と、仲臣はいったん頭を下げてから、その話をはじめたのである。

四

「出かけねばならぬ」

瀬田忠正がそう言い出したのは、三日前のことであったという。

夜である。

理由は言わなかった。

とにかく、

「出かけたい」

と、そう言うばかりである。

「夜は、今噂の獣が出ます。どうぞ、昼になさってくだされませ」

と、家の者が止めてもきかなかった。

「出るからゆくのじゃ。出ぬ昼に出かけてなんとする」

「わざわざ、虎とも何ともしれぬ、あの獣に会いにゆこうと言われるのですか」

「そう言うておる」

「おやめ下されませ」

「いいや、ゆく」

「いったい何故?」

「とにかくゆく」

その理由を、忠正は言わなかった。

「ぬしらは、ゆかぬでよい。わし独りでゆく。だから、もし、何かあるにしても、それはわし独りのことじゃ」

「なりませぬ」

そういうやりとりが、三日続いて、今夜、気がついたら忠正がいなくなっていたというのである。

「きっと、噂の獣に会いに行ったに違いありませぬ」

と、仲臣は言った。

「それで、忠正様を捜して、出てまいったのでござります」

松明《たいまつ》を持った者四人。

弓を持った者五人。

太刀を持った者五人。

そして、仲臣と合わせて十五人で、忠正を捜しにゆくところであるという。

他の者十四名は、今、門の外に待たせているという。

「しかし、どうして、それがこの晴明のところへ？」

晴明は訊ねた。

「これだけ武器を持った者を揃えたとはいえ、恐ろしゅうござります。もしも、相手が、猪や鹿のように、矢を射れば刺さり、刀で斬れば傷つけることができる、そういうものであれば、これでなんとか闘えましょう。しかし、件《くだん》の獣か虎は、人語を語り、詩を吟ずると言われております。そうなれば、これはもはや、弓矢の利かぬあやしのもので、あるやもしれませぬ。そうであった場合、我らでは、もはや、闘えませぬ。それで、ぜひとも、晴明様においでいただきたいと、無理を承知の、無礼と承知のお願いにあがった次第にござります」

仲臣は、深々と頭を下げた。

「我ら、いずれも日頃より主《あるじ》忠正からは、ひとかたならぬ恩顧を受けております。かようなおりに、手をこまねいて、主の帰りをただ待つというわけにはまいりませぬ。もしも、晴明様においでいただけぬとあっても、我らのみでゆく所存にござります」

さっくりと、刃物で竹を切り割るが如き言い方であった。

「まいりましょう」

晴明の返事も早かった。

「ちょうど今、こちらの源博雅様とも、その虎の話をしていたところでござります」

「おお、ありがたきことにござります」

「では――」

と、晴明は、もう立ちあがっていた。

「おい、晴明よ、本当にゆく気か――」

「うむ」

と、うなずき、

「博雅様には、明日の朝まで、こちらでお寝《やす》みになっていただきましょう」

晴明は博雅に頭を下げた。

「おれもゆこう」

博雅もまた立ちあがっていた。

「本気でござりますか」

「むろん、本気じゃ」

「一緒にまいられると?」

「ああ、ゆく」

きっぱりと、博雅は言った。

「では、ゆきましょう」

「うむ、ゆこう」

そういうことになったのであった。

五

弓を持つ者が二名、太刀を持つ者が三名——博雅と共にやってきた者たちが増えて、晴明、博雅を合わせ、総勢二十二名で出かけることとなった。

そして、深更《しんこう》——

一行が、忠正を見つけたのは、最初にその獣が現われたという、四条大路の、西へ向かって朱雀院を過ぎた、淳和院《じゅんないん》のあたりであった。

四条大路の中央、月光の中にただひとり、ぽつんと瀬田忠正が立っていた。

「忠正様、よくぞ御無事で――」

と駆けよった仲臣が、はっとなって、そこで足を止めていた。

そこに、茫然として立ちつくす忠正の眼に、涙が光るのを見たからであった。

「行った……」

忠正はつぶやいた。

「行ってしまった……」

仲臣の背後にある晴明と博雅の姿を見て、

「おう、これは、晴明様、博雅様……」

忠正は、力の抜けた声でそう言った。

「いったい、何があったのでござります?」

晴明が問うと、

「わが友が、行ってしもうたのじゃ……」

細い声で、忠正はそう言ったのであった。

六

噂の獣を捜して、忠正は、都大路を歩いていた。

ただ独りである。

月明りだけがたよりであった。

朱雀大路、二条大路、三条大路と歩いて、四条大路を歩いた。

最初に、藤原家文が獣と出会った通りである。

西へ向かって歩いてゆくと、先の路の中央のあたりに、小山のようにうずくまっているものがあった。

近づいてゆくと、むくりとそれが起きあがった。

それは、牛よりも大きな虎であった。

全身が、月光を浴びて青く光っている。

緑色に光る眸《め》を忠正に向け、かっと顎《あぎと》を開いた。

長い、鋭い牙が、月光にしらと光った。

ごう、
と吼えて、虎が忠正に跳びかかってきた。

仰向けに倒された。

腹の上に前足を乗せ、開いた口で忠正を喰い殺そうとした時、虎はその動きを止めていた。

「忠正か……」

と、思いがけなく、開いた虎の口から、人の声が洩れた。

「あやうく、おれは、かつてのおれのただ独りの友を喰い殺すところであった」

と、虎が前足をのけた。

「お、おまえ、季孝か!?」

忠正が問えば、

「そうだ」

と、かつての友の声で、虎が言う。

「やはり、そうであったか――」

「おれとわかって、ここへ来たか。忠正よ」

「あの白楽天の『寄二江南兄弟一《こうなんのけいていによす》』を、虎が吟じていたというのでな。もしやと思うて、やってきたのだ。あれは、おまえの好きな詩であった。もし、違うていたら、喰い殺されてもよいと思うてな……」

「馬鹿なことをする。今は、人の心を持っているが、時に、人の心がなくなり、まったくの虎となってしまうこともあるのだ。もしも、そういう時に出会っていたら、おれは、間違いなく、おまえを骨も残さずに啖うていたろうよ。今だって、おれの中にいる虎の心が、おまえを喰いたい喰いたいと、叫んでいる。時々、狂おしいほど、人を喰いたくなる。それを、我慢しながら、おまえと話をしているのだ」

「おまえには、昔、生命《いのち》を助けられたのじゃ。今、おまえに生命を奪われたとて、かまわぬさ」

「もう忘れた……」

「十年前のことぞ。おれが、流行《はや》り病《やまい》で今にも死ぬかという時に、ぬしが、薬のつごうをつけてきてくれた……」

「典薬寮《てんやくりょう》から盗んできただけじゃ。ぬしは、ただひとり、このおれに優しゅうしてくれたでな……」

「いや、ぬしの詩が、好きであっただけのことじゃ。ぬしは、作った詩を、おれの前でよく詠《よ》んでくれたではないか――」

「そんなこともあったか」

「いったい、どうして虎になぞ……」

忠正の言葉に、虎は月を見あげ、ひと声、哀切な声をあげて吼えた。

七

ある時、熱が出てな。

身体中が熱うて熱うてならなんだ。

熱さのあまり、手足の骨が曲がり、頭の骨まで歪《ゆが》むかと思うた。

身体が痒《かゆ》うなって、爪でばりばりと掻いたが、それでも痒さがおさまらぬ。

——ああ、この爪がもっと長ければ。

そう思うたら、ぬうっと爪が伸びてな、その爪で、肉までほじるようにして、身体を掻いたが、痒みがまだおさまらぬ。

気がついたら、裸になっていて、全身が血まみれじゃ。それでも掻いた。

掻くうちに、腕や腹から、ぞろりぞろりと毛が生えてきてな。

それが獣の毛じゃ。

ごつり、ごつりと背中で音がして、背骨が曲がる。手のかたちがおかしくなってゆく。

それが、なんだか、妙に心地ようてなあ。

それまで、苦しゅうて苦しゅうて、己れの傲慢さ、気負い、恨みや嫉《ねた》みで狂いそうになっていたのが、急に楽になったような気がした。

駆け出して、野山に入り、そして、気がついたら、このようなあさましき獣の姿となりはてていたのだ。

それもそうじゃ。

考えてみれば、もともとおれの心は人の中にあって、このようなあさましき獣であったのだ。

こうなってわかったのだが、忠正よ、多かれ少なかれ、人は心の中には、皆このような獣を潜ませているものじゃ。おれは、ただ、他人よりそれが多かっただけのことであろう。

だが、虎となった時には、まだ、人の心も多く残っていた。

しかし、腹が減った時はどうしようもない。

最初の時は、兎であった。ちょうど、眼の前に兎が出てきた時、おれは眼がくらんで何もわからなくなった。気がついたら、その兎を打ち殺して、その血肉を貪《むさぼ》り啖うていたのじゃ。

鹿であろうが、猪であろうが、虎となったおれには、狩るのはたやすいことであった。そうして、その血や肉を啖うたびに、都のことや人のことが遠くなり、心まで獣となってゆくのが、自分でもわかった。

しかし、それでも、どれだけ獣になろうとも、詩のことだけは忘れられなんだ。

ある時、白楽天の「寄㆓江南兄弟㆒」を口ずさみ、「積㆑日成㆓七年㆒《ひをつんでしちねんとなる》」の箇所を詠んだ時、ふいに、獣となってから、七年目であったことに気がついたのだ。

それで、おれは都に出てきたのだ。

何のためかって？

笑わぬでくれ、こんな姿になってもまだ、おれの心の中に燃えるものがあるのだ。

詩想が湧いてきてどうしようもない時があるのだ。

そういう時は、あの天に向かって、その詩を吼えるのだ。

たいした詩ではないが、それでも、幾《いく》つかは世に残したいと思うものもある。

まだ、人の心があるうちに、それをたれかに語って、書きとめておいてもらおうと思うたのじゃ。

しかし、都へ出て、人の姿を見たとたん、そんなことも忘れて襲いかかり、その肉を啖うてしまった。

もはや、わが詩をこの世に残すことかなわぬかと、月の下《もと》で哭《な》いていた時、忠正よ、ぬしが現われたというわけじゃ。

頼む、これからおれが口にする詩を、ぬしにここで書き留めてもらいたいのじゃ。

それができるか。

筆はあるか。

なれば、おれの血をもって、それを墨となし、書き留めよ。

ほれ、こうして、この腕を噛んで血を流してやろう。
この血へ筆を浸して、おまえの着ているものの袖へ、これを書いてくれ——
そう言って、虎の季孝は、月に向かって、朗々と、その詩を吟じはじめたのであった。

拾㆓得折剣頭㆒　（折剣《せっけん》の頭《さき》を拾得《しゅうとく》す）
不㆑知㆓折㆑之由㆒　（之《これ》を折《お》りし由《ゆえ》を知《し》らず）
一握青蛇尾　（一握《いちあく》　青蛇《せいだ》の尾《お》）
数寸碧峰頭　（数寸《すうすん》なる碧峰《へきほう》の頭《いただき》）
疑是斬㆓鯨鯢㆒　（疑《うたが》うらくは是《こ》れ　鯨鯢《げいげい》を斬《き》るか）
不㆑然刺㆓蛟虬㆒　（然《しか》らずんば　蛟虬《こうきゅう》を刺《さ》すか）
欠落㆓泥土中㆒　（欠《か》けて泥土《でいど》の中《なか》に落《お》ち）
委棄無㆓人収㆒　（委棄《いき》せられて人《ひと》の収《おさ》むる無《な》し）
我有㆓鄙介性㆒　（我《われ》に鄙介《ひかい》の性《せい》有《あ》り）
好㆑剛不㆑好㆑柔　（剛《ごう》を好《この》んで柔《じゅう》を好《この》まず）
勿㆑軽㆓直折剣㆒　（直折《ちょくせつ》の剣《けん》を軽《かろ》んずること勿《な》かれ）
猶勝㆓曲全鉤㆒　（猶《な》お　曲全《きょくぜん》の鉤《こう》には勝《まさ》れる）

折れた剣の頭《さき》を拾った
何故これが折れたかはわからぬ
握れば青い蛇の尾の如く
碧《あお》い峰の頂の数寸の如くである
これは、巨大なる鯨鯢《くじら》を斬りたるためか
あるいは大河の蛟龍《こうりゅう》を刺したるためか
今は欠けて泥土《でいど》の中に落ち
委棄《いき》せられて手にする者もない
おれは愚かでかたくなな性《しょう》を持っている
剛なるを好み柔なるを好まず
しかし真《ま》っ直《すぐ》であるが故に折れたこの剣を軽《かろ》んずることをするな
曲がっているが安全な鉤《はり》よりは遥かにましではないか

詩を吟じ終え、

「では、さらばだ」

虎である季孝は立ちあがった。

「ぬしとはもう少し語らいたいが、いつまた虎の心を起こし、ぬしを啖うてしまわぬとも限らぬ——」

そして、ひと声を吼え、青い月光を踏んで、季孝は去ったのである。

そこへ、晴明たちが、仲臣らと共に、やってきたというわけなのであった。

八

「そういうことでござりましたか……」

晴明が言った時、どこか、遠くから、低い、さびさびとした声が響いてきた。

詩を吟ずる声であった。

今日北窓下　（今日《こんにち》　北窓《ほくそう》の下《もと》）
自問何所レ為　（自《みずか》ら問《と》う何《なん》の為《な》す所《ところ》ぞと）
欣然得二三友一　（欣然《きんぜん》として　三友《さんゆう》を得《え》たりと）
三友者為レ誰　（三友《さんゆう》は誰《たれ》とか為《な》す）
琴罷輒挙レ酒　（琴罷《きんや》みて　輒《すなわ》ち酒《さけ》を挙《あ》げ）
酒罷輒吟レ詩　（酒罷《や》みて　輒《すなわ》ち詩《し》を吟《ぎん》ず）

今日、北の窓のもとで
何をしているのかと自らに問うてみた
三人の友を得たと喜んで言おう
三人の友とはたれのことか
琴を弾き終われば、すぐに杯をあげ
酒が終われば、すぐに詩を吟ずる

三人の友とは、琴と、酒と、詩であると、どうやら虎である季孝が、去りながら吟じているらしい。

三友遞相引　（三友《さんゆう》　遞《たが》いに相引《あいひ》き）
循環無二已時一　（循環《じゅんかん》して已《や》む時無《ときな》し）
一弾愜二中心一　（一弾《いちだん》　中心《ちゅうしん》に愜《かな》い）
一詠暢二四支一　（一詠《いちえい》　四支《しし》を暢《の》ぶ）
猶恐二中有レ間一　（猶《な》お　中《なか》に間有《かんあ》らんことを恐《おそ》れ）
以レ酔弥二縫之一　（酔《よ》いを以《もっ》て之《これ》を弥縫《びほう》す）
豈独吾拙好　（豈《あ》に独《ひと》り吾《われ》のみ拙《せつ》を好《この》むならんや）

その声が、ゆっくりと、遠くなってゆく。

忠正は、それに耳を傾けながら、涙を流している。

「なんで、お泣きになっておられるのです？」

博雅が問うた。

「あの詩は、今、季孝が吟じているあの詩は……」

「白楽天の『北窓三友《ほくそうのさんゆう》』という詩ですね」

晴明は言った。

「はい」

「さきほどうかがった、季孝殿が作ったという詩も、実は白楽天の……」

「『折剣頭《せっけんのさき》』という詩でござります……」

ほろりと、忠正の眼から、大きな涙がこぼれ落ちる。

「では、季孝殿が、御自分で作ったと思っている詩は……」

博雅が言うと、

「山中で、思い出した白楽天の詩を、自ら作ったものと思うているのでしょう……」

「なんと……」

折れた剣の頭《さき》は、季孝自身である。

いったい何と戦って、折れたのか。

それは、巨大な鯨鯢《くじら》であったのか、蛟龍《こうりゅう》であったのか——

それは、わかりようがない。

ただ、吟ずる声が遠く、小さくなってゆくばかりである。

「おれたちはどういう役にもたてなかったようだな……」

博雅は言った。

「そういうものだ、博雅。虎になるのを、他人が止めることはできぬ」

「そういうものか……」

「うむ」

「だろうな、晴明よ。しかしおれは今……」

「なんなのだ」

「なんだか、ひどく哀しいのだよ、晴明よ——」

博雅はやけに優しい声でつぶやいた。

詩を吟ずる声が、月光の中を、さらに遠く、小さくなってゆく。

古人多若レ斯　（古人《こじん》も多《おお》く斯《か》くの若《ごと》し）
嗜レ詩有二淵明一　（詩《し》を嗜《たしな》むに淵明《えんめい》有《あ》り）

嗜レ琴有二啓期一（琴《きん》を嗜《たしな》むに啓期《けいき》有《あ》り）
嗜レ酒有二伯倫一（酒《さけ》を嗜《たしな》むに伯倫《はくりん》有《あ》り）
三人皆我師（三人《さんにん》　皆《みな》我《わ》が師《し》なり）
或乏二儋石儲一（或《ある》いは儋石《たんせき》の儲《たくわ》えに乏《とぼ》しく）
或穿二帯索衣一（或《ある》いは帯索《たいさく》の衣《ころも》を穿《うが》つ）
絃歌復觴詠（絃歌《げんか》して　復《ま》た觴詠《しょうえい》し）
楽レ道知レ所レ帰（道《みち》を楽《たの》しみて　帰《き》する所《ところ》を知《し》る）
三師去已遠（三師《さんし》　去《さ》ること　已《すで》に遠《とお》し）
高風不レ可レ追（高風《こうふう》　追《お》う可《べ》からず）
三友游甚熟（三友《さんゆう》　游《ゆう》　甚《はなは》だ熟《じゅく》し）
無三日不二相随一（日《ひ》として相随《あいしたが》わざるは無《な》し）
左擲二白玉巵一（左《ひだり》に白玉《はくぎょく》の巵《さかずき》を擲《なげう》ち）
右払二黄金徽一（右《みぎ》に黄金《おうごん》の徽《き》を払《はら》う）
興酣不レ畳レ紙（興《きょう》酣《たけなわ》にして　紙《かみ》を畳《たた》まず）
走レ筆操二狂詞一（筆《ふで》を走《はし》らせて　狂詞《きょうし》を操《と》る）
誰能持二此詞一（誰《たれ》か　能《よ》く此《こ》の詞《ことば》を持《じ》し）
為レ我謝二親知一（我《わ》が為《ため》に親知《しんち》に謝《しゃ》す）

縦未㆓以為㆒㆑是（縦《たと》い　未《いま》だ以《もっ》て是《ぜ》と為《な》さざるも）
豈以㆑我為㆑非（豈《あ》に我《われ》を以《もっ》て非《ひ》と為《な》さんや）

その声は、今や木の葉のさざめきほどになって、やがて、月光の中に溶けて聴こえなくなった。

「君はたれだ。わしの友だちの隴西《ろうせい》の人ではないか？」

とたずねると、虎は何度かうめくのが、声をあげて泣く様子に見えた。それから修《さん》に向かって、

「わしは李徴《りちょう》だ。ちょっとゆっくりして、わしと話をして行ってはくれないか」

『唐代伝奇集　2』東洋文庫（平凡社）　張読「虎と親友」（前野直彬・訳）より――

牛怪《ぎゅうかい》

一

まったく奇妙なことになった、と、橘 貞則《たちばなのさだのり》は思っているのである。

どうしたものか。

原因は女だ。

妻ではないが、妻のような女だ。

貞則は、検非違使《けびいし》の役人である。

看督長《かどのおさ》という役職にあって、配下の火長《かちょう》が十人ほどいる。

六条の東——鴨川に近いあたりに、小さいながら屋敷を構えて、何人かの小者《こもの》も使っている。

朝から勤めに出て、夕刻には帰ってくる。

市の立つ日には、市を見まわり、都の大路小路を馬でゆき、時には帝《みかど》がいずれかへ御《み》幸《ゆき》される時にその警護にあたる。これまで大きな手柄をたてたわけでもないかわりに、大きな失敗をしたわけでもない。

ほどよく出世をして、この場所まできた。何ごともなければ、府生《ふしょう》かその上の少志《しょうし》、大志《だいし》くらいまではゆけるであろうか。

その女と出会ったのは、昨年の秋の頃であったろうか。

夜、たくさんの星が流れて注いだことがあった。

「これは凶兆にござります」

と、陰陽師《おんみょうじ》のたれかが言ったらしい。

細かいことはまるでわからないが、

——これは天に禍事《まがごと》のおこる兆《きざし》にござりましょう。

陰陽師の言うことを真《ま》に受け、帝がそれを気にして、いつにも増して、御所の周囲や都の大路小路の警護にあたらされたのである。

十日ほど、そういう状態が続いたのだが、結局、何事もなかった。

あたりまえだ。

星などは、よく流れるし、よく降る。いつも秋になれば、あのように幾《いく》つもの星の流れることはよくあることだ。それをいちいち気にしていたら、やっていられないではないか——

ふだん通りの仕事に落ちついて、三日目であったか、四日目であったか。

火長を連れて、西の京の方へ見回りに行ったのだ。

西の京には幾つか破《や》れ寺があり、すでに人の住むことのなくなって、荒れ放題の屋敷などもあって、時々、野盗などがそこを根城にして、悪事を働くことがあるからだ。

そこで、その女を見つけたのである。

土塀に囲まれた破れ寺があって、その中に、その女がいたのだ。

齢《とし》の頃なら、二十代の半ばくらいであったろうか。唐風《からふう》の、古びてはいるが、身分卑しからぬ衣《きぬ》を着ており、水甕《みずがめ》を抱えた老いた女が独り、その女につきそっていた。

しかも、その女たちは、一頭の、黒い大きな牛を連れていたのである。

土塀の崩れたところから中に入って、至るところに生えている草を、その牛に喰わせていたのである。

牛飼童《うしかいわらわ》のやるようなことを、どうしてこの女たちがやっているのか。

よく見れば、御簾《みす》の向こう側にいるのが似合いそうな、やんごとない貌《かお》だちをしていて、何の香を焚き込んでいるのか、近づけばほのかによい薫りがした。

興味もあったし、役目がら、訊《たず》ねておかねばならない。

「そなたたちは何者で、ここで何をしているのだね」

すると、老いた女は答えた。

「こちらは幡音《はたね》さまと申しまして、わが主《あるじ》にござります。これまで住んでおりましたところに居られなくなって、しばらく前に出てまいりましたのですが、かといってゆくあてもなく、この破れ寺に身を潜めているのでござります」

「いったいどのようなことがあって、いられなくなったのだね」

「わが主には、かねてより親しくさせていただいておりました方がいたのでござりますが、さまざま故ありまして、その方が通われることが年に一度となり、淋しい日々を過ごしていたところ、知らぬうちにその方は別の女《かた》とねんごろになっており、先ごろ、とうとうその方は別の女《かた》といずれかへお隠れになってしまい、今はその行方も知れませぬ。たまたま、その方の牛が残されていたので、形見にと思い、こうして連れ歩いているのですが……」

「これまで、どこに住んでいたのじゃ。姿をお隠しになったその方とはどなたのことなのだね」

たちいったことではあるが、役目であれば問わねばならぬことでもある。

それに、貞則には好奇心もあった。

かような美しい女房のもとに、いったいどのような人物が通っていたのか。

宮中に出入りする者たちの中で、近頃姿を隠した者がいるかどうか、それを頭に思い浮かべようとしたのだが、心当たりはない。

「申しわけございませぬが、相手の方のこともあり、ここでそのお名前を申しあげるというのは、はばかられまするが……」

と老女が言うので、貞則も、

「よいよい」

と言ってしまった。

どのようないきさつがあるにしろ、かような場所に、女と老女がふたり、牛を連れているというのは妙であったが、ついうなずいてしまったのは、女が時おり、ちらりちらりと艶《つや》のある眼つきで貞則に視線を送ってくるからであった。

どのような事情があるにしろ、このところ盗賊騒ぎがあったわけではなく、また、あったにしろ、このふたりがそういうことに関わりがあったとも思えない。

「事情は問うまい。しかし、かようなところにいつまでもおるわけにもゆくまい。いずれかにあてはあるのか――」

「ございませぬ」

と、老女は言った。

「もしよろしければ、わたくしたちふたりを、あなた様のところへ置いていただくわけにはいきますまいか。我が主は、機《はた》を織るのが上手でございますれば、居る間に布を織りましょう。色々の雑用は、わたくしがひと通り心得ておりますれば、あなた様のお屋敷のことも、あれこれ手伝わせていただくこともできましょう」

「わかった」

貞則は、これを了承し、素姓のわからぬこのふたりの女を、牛とともに、自分の屋敷に入れることとしたのである。

二

確かに、女は、機を織るのがたくみであった。

織りあがった布は、肌理《きめ》細かく、手にとっても重さを感じさせぬほど軽く、柔らかい。

幡音《はたね》に従ってきた老女も、飯の仕度《したく》から、洗濯、裁縫、何もかもひと通り心得ていて、よく働いた。

牛は牛で、厩《うまや》に繋《つな》いでおいたのだが、これがおとなしく、よく人の言う言葉を理解して、手間がかからない。昼に、一度、老女が牛を外に引き出して、どこかで草を食べさせているようである。

貞則が朝出かけて行って、夕刻にもどってくれば、家の中はかたづいていて、夕餉《ゆうげ》の仕度もととのっている。

貞則の仕事にもはりあいが出てくる。

ひと月もしないうちに、幡音とねんごろになってしまった。

妻は四年前に死んでいて、子もなく、すでに両親もこの世の者ではなかったので、そのまま幡音は、貞則の妻のような立場となって、屋敷のあれこれをきりもりするようになってしまったのである。

幡音にどういう不満もなく、いっそ本当の妻としてしまおうかと思いはじめた頃、貞則は、その奇妙なことに気がついたのであった。

最初にそのことに気がついたのは、年があらたまってからのことである。

夜——

ふと貞則が眼を覚ました時、横に眼をやると、隣で眠っているはずの幡音の姿が見えないのである。

半分夢現《ゆめうつつ》の状態であり、そのまま貞則はまた眠ってしまったのだが、朝になってみると、幡音はちゃんとそこにいるのである。

はて、あれは夢であったかと貞則は思ったのだが、別の夜、夜半に眼を覚ましてみると、やはり幡音の姿がない。どうしたことであろうかと思っているうちに、また眠ってしまい、朝に起きてみれば、幡音はちゃんとそこにいるのである。

そして、昼は、いつもと変わりはない。

おそらく、用をたしにでも出たのであろう——そのように考えていたのだが、ある晩、幡音が出かけたおり、眠らずに起きていると、なかなか幡音が帰ってこない。心配をし

ている と、明け方近くなってようやく幡音が帰ってきた。

しかも、もどってきた時、幡音は貞則に近づいてきて、その傍《そば》に立ち、凝《じ》っとその寝顔を見おろしている様子である。近づいてきた時、貞則はあわてて眼を閉じたのだが、しばらく自分を見おろしていた幡音の気配をずっと感じていたのである。

なんだか、急に恐くなった。

これまでは、

「おまえ、夜にたびたび起きているようだが何をしているのだね」

そう訊ねてみようと思っていた。

それを訊《き》きそびれているうちに、だんだんと訊ね辛《づら》くなってそのままになってしまったのだが、今度は、訊ねるのが恐ろしくなってしまったのである。

しかし、幡音が夜外に出かけて何をしているのか、それが気になって眠れなくなってしまった。

それで、貞則は幡音の後をつけてみることにしたのである。

夜、はたして、むくりと闇の中で幡音の起きあがる気配があった。

貞則は、寝息を乱さぬようにして眠ったふりをしている。

幡音は、しばらく貞則の様子をうかがっているようであったが、ほどなくして立ちあがり、外へ出ていった。

少し遅れて貞則も起きあがり、そっと、気づかれぬように幡音の後をつけた。

月が出ていた。

外へ出た幡音は、月光の中を厩の方へ歩いてゆく。

すると——

「まいりましたか」

と、声がして厩の中からあの老女が、牛を牽《ひ》いて出てきた。

右手で牛の綱を牽き、左腕にあの水甕《みずがめ》を抱えている。

「ご苦労だね」

と、幡音が牛にまたがると、

「では、わたくしも——」

老女が、抱えていた水甕を土の上に転がして、その上にまたがった。

すると、老女の両脚の間でむくむくと水甕が膨らんで、またがるのにほどのよい大きさとなった。

「では、ゆくよ」

幡音の乗った牛が、ふわりと宙に浮いて、そのまま夜の天に向かって駆けあがってゆく。

「わたくしも」

と、老女が、左足の踵《かかと》で水甕を蹴ると、老女を乗せた水甕も、ふわりと宙に浮きあがって、幡音の後を追った。

そして、そのまま、ふたりの姿は月の天を飛んで、見えなくなってしまったのである。

横になってからも、眼はさえざえとして、とても眠るどころではない。

そして、朝方——

眠ったふりをしていると、いつものように、幡音がもどってきた。

貞則の顔を、上から見おろして、しばらく幡音は寝息をうかがっている。

それが、眼を閉じていてもわかった。

心臓は、激しく脈打ち、その音が激しく顳顬《こめかみ》を打つほどであったが、貞則は寝息が乱れぬよう必死であった。

それが、昨夜のことであったのである。

三

貞則は、おおいに困っていた。

その困った顔のまま、都大路を歩いている。

今朝は、なんとかごまかしたが、それが、明日も、またその翌日もできるであろうか。

一日、二日、三日はなんとかなっても、四日、五日、六日と、隠しおおせるものではない。

ついには、女から問われ、自分は、昨夜見たものについて白状してしまうであろう。

貞則は、浮かぬ顔で馬に乗り、四条を西へ向かって進んでいた。

そして、ちょうど朱雀大路《すざくおおじ》を過ぎたあたりで声をかけられた。

「お困りであろう」

男の声であった。

馬を停めて、声のした方に眼をやると、ちょうど右側の柳の根元のところに、黒いぼろぼろの水干《すいかん》を着た老爺《ろうや》が立って、こちらを見ていた。

白髪、白髯《はくぜん》。

髪は、ぼうぼうと蓬《よもぎ》のように天に向かって立ちあがり、皺《しわ》だらけの顔の中で、よく光る黄色い眸《め》が、貞則を見あげていた。

眼が合ったところで、

「お困りじゃな」

老人は、にいっと嗤《わら》ってみせた。

黄色い歯が見える。

貞則は、とっさのことに、何と答えてよいかわからない。

「な、何のことじゃ」

貞則は逆に問うた。

「ははあ――」

その顔を下から老人が覗き込んで、

「牛のことであろう」

そう言った。

「牛?」

「さよう、牛じゃ」

「な……」

「このわしが、なんとかしてしんぜよう」

「い、いや、何も困っているようなことは……」

貞則は、人目を気にしながら言った。

人目と言っても、徒歩《かち》で従っているふたりの火長と、ふたりの放免《ほうめん》の目である。

「隠さぬでよい。おまえさんは、牛のことで困っている。それを、このわしが、なんとかしてやろうと言うておるのじゃ――」

「そ、そなた、何者じゃ」

問われた老人は、

「蘆屋道満《あしやどうまん》――」

そう言って、にいっとまた嗤ったのであった。

四

欠けはじめた月が、空にかかっている。

その月明りの中に、貞則は、蘆屋道満と並んで立っている。

すぐ眼の前が、厩であった。

貞則の身体は、微かに震えている。

「そ、そのようなことを本当に……」

言った貞則のその声もまた、細かく震えている。

「むろんじゃ」

道満が、言う。

「し、しかし――」

貞則は、激しく後悔をしていた。

今からでも遅くはない、この場から逃げようとも思った。

しかし、この老人の傍にいると、足が動かない。

どうして、このようなことになってしまったのか。

昨夜、この老人――蘆屋道満に、四条で会ったからだ。

あの時貞則は、火長と放免たちを、先にゆかせた。

どうせ、見回りの道筋はわかっている。四人を先にゆかせ、道満の話を聴いてから馬で後を追えば、すぐに追いつくことができる。

さすがに、貞則も、蘆屋道満の名は耳にしたことがあった。

道摩《どうま》法師《ほうし》——法師陰陽師《おんみようじ》である。

あまり、よい評判は耳にしていない。

地獄とも行き来しているとの噂もあり、夜道で出会えば、鬼の方が避けてゆくとも言われている。

しかし、たいへんな力を持っているとも伝え聴いている。

この道摩法師の言うことを無視したら、あとでどのようなおそろしいことになるか。

また、この道摩法師であれば、今、自分が困っていることを、なんとか解決してくれるかもしれない。

怖さとは別に、そういう思いもまたあったのである。

さらには、どうして、牛のことを知っているのか。

そこまで言われては、もう、この老人から逃げるわけにはいかなかった。

ともかく、話を聴くつもりで、火長と放免たちを先にやって、自分は馬を降りたのである。

ところが、道満は、何故牛のことを知っているのかは語らずに、

「さて、その困っていることをまず語ってみよ――」

そのようにうながされた。

黄色い眸《め》の力が凄まじく、とてもさからえるようなものではなかった。

貞則の話を聴きながら、

「なるほど、女がふたりか……」

「ほう」

「ふむ、で、夜になるといなくなると言うのか――」

時おり、嬉しそうに嗤うのである。

ふたりが、牛と水甕に乗って、夜の天へ飛び去っていったことを話すと、

「ほほう」

満面に笑みを浮かべて、高い声をあげた。

話を聴き終えて、

「では、言うた通り、このわしがなんとかしてしんぜよう」

道満は言った。

「真実《まこと》でござりますか」

「真実じゃ」

「どのようにして？」

「今日、家に帰ったらこう言うがよい。用事ができたので、明日の晩は帰らぬ、もどるのは明後日《あさって》であるとな――」

「し、しかし……」

「理由は適当に言うておけ、そなたにまかせるでな――」

道満は言った。

それで、貞則は、前日、

「明日は帰らぬ。お役目でな、名は申せぬが、やんごとないお方の警護で、叡山《えいざん》にのぼらねばならぬ」

そのように幡音に告げたのである。

幡音は、凝《じ》っと貞則の眼を見つめてから、

「あら、それはお淋しゅうございますが、お役目とあればいたしかたございませぬ。どうぞ、お気をつけて――」

このように言った。

それで、貞則は、この日、見回りが済んだ後、屋敷にはもどらず、鴨川で道満と落ちあい、夜が更けてから、自らの屋敷に道満とふたりで忍び込み、今、厩の前に立っているというわけなのであった。

自分の屋敷の厩であるのに、こうして忍んで入ってゆくというのが、妙な気分であった。

「では、ゆくぞ——」

まず、道満から厩の中に入っていった。

その後から、貞則自身が入ってゆく。

貞則の馬がいて、少し離れたところに件《くだん》の牛が腹を地につけて眠っている。

月の光が、その牛の上に差している。

人の気配に気づいたのか、牛が、眼を開いた。

その眼が、青く光る。

「おう、これじゃ」

道満が足を止めたのは、厩の隅であった。

そこに、あの水甕《みずがめ》が置かれていた。

これじゃ——

と道満は言ったが、それがどういう意味のものであるのか、貞則にはわからない。

「これが、いったい何なのでござりまするか——」

「天《あめ》の水甕じゃ」

「天の水甕!?」

「うむ」

「これをいったいどうするので――」

「入るのさ」

「入る!?」

「この中へよ」

道満は、こともなげに言った。

しかし、その水甕は小さい。とても、人が入ることのできるような大きさではない。身体の小さな者か、女か子供であっても、せいぜい入るのは、片足首くらいである。くるぶしより上までは入っても、そこからあとは入らない。

「まさか――」

「まさかではない。ぬしは、この水甕が、大きくなって、それが空を飛ぶのを見たのであろうが――」

「し、しかし」

「この道満にまかせよ」

道満は、懐《ふところ》に手を入れ、そこから何やら書いてある札を取り出して、

「これを懐に入れておけ――」

その札を貞則に手渡した。

「は、はい」

貞則は、その札を押しいただいて、懐に入れた。

「これで、きゃつらには、おまえさんの姿は見えぬ。くれぐれも、わしがよしというまで声をたつるなよ」

貞則は、声に出さずに、二度、三度、顎《あご》を引いてうなずいた。

「まだよい。口をつぐむのは、あの女たちが来てからじゃ」

「は、はい」

「覗いてみよ」

道満が言った。

「覗く?」

「その水甕の中をじゃ」

「水甕の、な、中……」

「そうじゃ」

道満に言われて、貞則は、おそるおそる顔を近づけて、水甕の口から中を覗き込んだ。

暗くて、中に何が入っているのか、まるで見えず、見当もつかなかった。

「どうじゃ、何か見ゆるか?」

「いいえ」

と、答えた瞬間、貞則は、
どん、
と、尻を蹴られていた。

「わっ」

前につんのめるようにして、貞則は、頭から水甕の中へ転がり込んでいた。

「な、何をなされますするか!?」

貞則が声をあげると、

「騒ぐな」

上から声が降ってきた。

見あげれば、上から、道満の顔が見下ろしていた。

「わしもゆく」

まず、最初に入ってきたのは、道満の右足であった。それが、一本丸まる入ってくると、次は道満の左足であった。

右足、左足、そして尻、腰、胸の順で入ってくると、最終的に頭部が入ってきて、道満の身体全部が、入り終えたのであった。

「こ、ここは!?」

「あの水甕の中じゃ」

「な、中——み、水甕の!?」

「そうよ」

「まさか!?」

貞則が言うと、

「しっ」

道満が言った。

「たれか来た。いいか、これより、たれに何と言われようと、何が起ころうと、この道満がよしと言うまで、口を開くでないぞ」

「わ、わかった」

貞則が言った後、外からたれぞが、厩の中へ入ってくる気配があった。

「おやおや、今夜はなんだか妙に人臭いねえ——」

その声が近づいてきて、ふいに、上から老女のあの顔がかぶさってきた。

あやうく、

「わあっ」

と、貞則は声をあげるところであったが、自らの手で口を押さえてそれをがまんした。

ふわり、
と、水甕が持ちあげられた。

「仕度はできたかい」

外から声が届いてきた。

幡音の声であった。

「はい、ただいま――」

老女の歩く震動が、その腕の中にある水甕の中まで伝わってくる。

外へ出たのだとわかったのは、上方に、夜空が丸く縁どられて、そこに月が見えたからだ。

水甕が横倒しにされた。

「さあ、ゆくよ。漸台女《ぜんだいにょ》」

幡音の声がして、

「はい」

老女の声と共に、どん、と水甕が、老女の足で蹴られる音がした。

ふわり、
と、水甕が空に浮きあがった。

貞則の肛門が縮みあがるような浮遊感であった。

びゅうびゅうという風を切る音が響く。

水甕の口が先へ向いているので、甕全体が風を受けて、

ぼう、
ぼう、
と鳴っている。
貞則が、そっと外を覗き見ると、眼下は雲の海で、上は、夜の天であった。
月が輝き、雲の表面が青く光っている。
恐ろしいが、しかしまた、これはなんという美しさであろうか。
そして、先を、牛に乗った幡音が飛んでゆくのである。
幡音の着ているものの裾《すそ》が、風に翻《ひるがえ》って、後方にはためいている。
やがて、行く手に高い山の頂が見えてきた。
まず、その頂に、牛に乗った幡音が降り立ち、続いて老女がそこに立った。
牛の横に、水甕は転がされた。
その中から、貞則は、道満と共に外を眺めている。
山の頂は、ごつごつした岩でできていて、雲海の上から、月の天に突き出ている。
よほど高い山なのであろう。
月が大きく見えている。
岩の間に、赤い柱、青い屋根の楼がそびえている。
そこから、頭に冠《かんむり》を被り、きらびやかな衣装に身を包んだ、白髯の老人が出てきた。

老人の衣《きぬ》は、龍の鱗《うろこ》でできているのか、月光を受けて七色に輝き、冠には、鳳凰《ほうおう》の羽根飾りが付き、首には玉を連ねた首飾りを掛けている。

「どうじゃな、探しものは見つかったかな」

老人が問えば、

「いいえ、まだ……」

と、幡音が答える。

「いいかげんに、あきらめてもどってくるつもりはないのかい。おまえたちが消えてしまったので、今、国中が大騒ぎでな——」

「見つけるまではもどりません」

「見つけてどうするのじゃ。八つ裂きにするか、くびり殺すか、生きたまま焼くか……」

「見つけた時に、考えましょう」

「心は、たとえ我らといえども移ろうものじゃ。千年、万年、同じ心が続くものではないぞ。そのはかなきものを追うたとて、どうなるものでもない……」

「ようわかっております。父上……」

幡音が、うなだれた。

「もうしばらくお待ち下されませ」

そう言ったのは、老女であった。

「おう、漸台女か——」

「ただ今、あのお方の残された牛を連れて、あの方が消えたと思われるあたりを歩いております。あの方の近くにゆけば、牛にはそれが——」

「わかると申すか」

「はい。しばらく前から、ある屋敷の前までくると、牛が足を止めて、なにやらなつかしそうな声で鳴くようになりました——」

「それは、どなたの屋敷じゃ」

「藤原兼家《ふじわらのかねいえ》と申される方のお屋敷の前にございます」

「いるのか、そこに？」

「と思われますが、よほど上手に身を隠されているのか、捜しきれませぬ——」

「そうか。しかし、おまえたちがいなくなって、天地の気が乱れたままじゃ。放っておけば、この天地の滅びが始まってしまうぞ。この天地すらも、往くものじゃ。未来永劫、同じであり続けるわけではないのでな……」

「ようわかっております、父上。それ以上申されずとも——」

幡音は言った。

「もう、三日の猶予をやろう。三日捜して見つからねば、もどってくるがよい。おまえのいる場所を、このわたしが承知しておきながら、皆に黙って口をつぐんでいるというのは、もう、できぬ……」

「はい……」

と、幡音は言った。

それで、ひと通りの話がすんだのか、

「では、もう、もどりましょう」

幡音の声が聴こえて、老女、漸台女が水甕の方へ歩いてくる気配があった。

老女が水甕にまたがり、また、足の踵で、水甕の腹を蹴った。

水甕が浮きあがり、また、びゅうびゅうと風を切る音がひとしきり響いた。

水甕が止まった。

幡音と、漸台女の気配が消えたので、道満が先に、次に貞則が水甕から外に這い出てみると、そこは、あの、もとの厩であった。

不思議なことに、水甕の外へ出てみれば、身体の大きさはもとのままだ。

「何とも不思議な……」

と、貞則がつぶやけば、

「ふん……」

と、道満は足元に転がっていた水甕を左腕に抱えた。

「道摩法師どの、さきほど、我々の行きましたところは、いったいどこなのでございましょう」

貞則が訊いた。

「まあ、それは、いずれわかるさ。いずれな――」

言いながら、道満は歩き出した。

「お待ちを、道満さま。わたしはこれからどうすればよろしいので……」

「ついて来よ」

道満は、背を向けたまま言った。

屋敷の外へ出た。

六条通りを東へゆき、鴨川の土手へ出た。

そこに、一台の牛車《ぎつしや》が月明りの中で停まっている。

牛の傍に立っているのは、しかし牛飼童《うしかいわらわ》ではなく、唐衣《からぎぬ》を着た女であった。

他にはたれの姿もない。

「おう、来ているな――」

道満が言うと、

「蜜虫《みつむし》にござります」

唐衣を着た、よい匂いのする女が答えた。

「晴明《せいめい》、来たぞ」

道満が言うと、

「お待ちしておりました」

車の中からそう言う声がして、ふたりの男が降りてきた。

白い狩衣《かりぎぬ》を、ふうわりと身に纏《まと》った人物と、そして、黒袍《くろほう》を身につけた人物である。

「土御門《つちみかど》の安倍《あべの》晴明と、源《みなもとの》博雅《ひろまさ》どのじゃ……」

道満が、ふたりを紹介すると、

「なんと――」

貞則は、驚きの声をあげた。

晴明は、右手に、首のくびれを縄で縛った瓶子《へいし》をぶら下げている。

「で、首尾の方は？」

晴明が問えば、

「おれにぬかりがあるものか――」

道満は、抱えていた水甕を持ちあげてみせた。

「さすがは道満様、おまかせしてよろしゅうござりました」

晴明は言った。

「遥か西へ飛んだが、久しぶりによい眺めを楽しませてもろうた」

道満は、機嫌がいい。

「場所は、おそらく唐土《もろこし》の西の果てにそびゆる崑崙山《こんろんさん》の頂じゃ。さすれば、そこで会うたは——」

「天帝……」

「であろうよ。女が父と呼んでいたでな——」

「お声はかけませなんだか」

「やめておいた。話がややこしゅうなるでな。わしは、地獄の邏卒《らそつ》どもと酒を酌《く》みかわす方が似合いじゃ……」

道満が言うと、晴明は微笑した。

「おい晴明よ、道満どのは、まさか、あの天帝に会われたと、そう言うておるのか？」

博雅が問う。

「まあ、そういうことだな」

「なんと……」

博雅が言うのを嗤って眺めてから、

「こういうことであったよ——」

と、道満は、その場で、貞則が女と出会った話と、そして、この晩にあったことを晴明に告げた。

「これで、充分であろう」

「確かに」

「では、約束のものをもらおうか」

道満が、右手を差し出すと、

「これに――」

晴明が、ぶら下げていた瓶子を持ちあげてみせた。

「三輪《みわ》の酒にござります」

「もらおう」

道満は晴明の手から瓶子を受け取った。

「何しろ天河《あめのかわ》の水を汲んで牛に水をやる天壺《てんこ》じゃからな、この水甕は。一度酒を満たせば、自ら全てこぼしてしまわぬ限り、酒が無くならぬ。この壺は駄賃がわりにもろうてゆく。どうせ、奴らはかわりになるものなど、いくらでもあろうからな」

「お好きなように――」

「ぬしの方こそ、首尾はどうじゃった。捜しものは見つけたのか――」

「これに」

晴明は、懐を軽く叩いてみせた。

「では、あとはぬしの好きにせよ、晴明――」

言って、道満は背を向けた。

「わ、わたしはどうすれば……」

貞則が、道満に向かって半歩足を踏み出すと、

「晴明に訊け」

道満は、背を向けたまま言った。

五

左右に置かれた燈台に、灯《あか》りがひとつずつ点《とも》っている。

その灯りの中で、晴明、博雅、貞則、そして幡音と漸台女が向かいあっている。

晴明は、うやうやしく頭を下げてから、

「お捜ししておりました、織女《しょくじょ》さま――」

晴明は言った。

「何もかも御存知ということですね」

晴明から、織女と呼ばれた女――幡音は覚悟を決めた様子であった。

「昨年の秋でござりましたか。天からたくさんの星が地上に注ぎました。この都にも
「……」

「はい」

「わたしたちは、天の星を観《み》るのが仕事にございますが、その星が注いだあと、天を仰いでたれも驚きました。天河のあちらとこちらより、牛宿《ぎゅうしゅく》の織女星と、そして、牽牛星《けんぎゅうせい》が消えていたのでござります。細かいことを申せば、さらにふたつ、小さな星が……」

晴明は、漸台女を見やった。

「同じ牛宿の織女星の近くにあった漸台星《ぜんだいぼし》のひとつと、それから、牽牛星の近くにあった、女宿《じょしゅく》の離珠《りしゅ》という星にござります――」

「――」

漸台女は、無言で晴明の言葉を聴いている。

「地上の者にとって、天の星の位置は、重要なもの。天の気と地の気が呼応しあって、地上の命《いのち》は生きているのでござりますが、その星が消えてしまっては、その気に乱れが生じ、ゆくゆくはこの地上に生を成すものたちに、よからぬ影響をおよぼすこととなりましょう……」

「はい」

「たくさんの星の注ぐのにまぎれてしまったのですが、まず、牽牛星が落ちて、次に織女星が後を追うように落ちました。そして、そのいずれもが、この都に注いだと見えました。以来、わたしどもは、この落ちた星の行方をずっと捜していたのでござります。そして、ようやく見つけました……」

晴明は、幡音を見やった。

「はい……」

幡音は、静かにうなずいた。

「わたくしは、あなた方の捜していた織女星にござります」

「どうして、天より、かようの地へお降りになられたのでしょう」

「それは、これまで、わたくしのもとに通われていた牽牛星が、他に思う方を見つけ、星の流れるのにまぎれ、ふたりで天より逃げてしまったからでござります。そのふたりを捜し、天に連れもどすのが、わたくしの役目と思い、こうして地上に降りてまいりました――」

「はじめは、お幸せにすごされていたのですね」

「ええ。わたくしは牽牛さまをお慕い申しあげ、牽牛さまも、わたくしを慕って下されました。あまりに睦《むつ》まじく過ごしていたため、わたくしは機を織る手を休め、牽牛さまは牽牛さまで、牛を飼う仕事の方をおろそかにしてしまったため、我が父の天帝より、会えるのは年にただ一度、文月七月七日の晩のみと定められてしまいました……」

「はい」

「それでも、年に一度の逢瀬《おうせ》は楽しかったのですが、このところ、牽牛さまには他に想われるお方ができて――」

「それが、離珠星の赤珠《せきしゅ》という方だったのですね」

「はい。実を申せば、わたくしが地上に降りたのは、天地の気の乱れることを畏《おそ》れたというよりは、わたくしというものがありながら、逃げてしまったふたりに嫉妬したためでございます。ふたりを見つけて、その仲を裂いてやろうと……」

幡音──織女が、そっと目頭を指先で押さえると、

「おじょうさま──」

漸台女が、自らの袖で、織女の眼からこぼれてきた涙をぬぐった。

「どうやって、牽牛さまたちを捜すおつもりだったのです？」

「幸《さいわい》にも、牽牛さまは、天にお飼いになっていた牛を残してゆかれました。この牛がいれば牽牛さまを捜す手だてとなると思い、共に連れてきたのでございます。西の京の破れ寺に隠れて探していたのですが、たまたまそこでお会いした貞則様が良いお方でございましたので、そのお屋敷で厄介になりながら、牽牛さまたちを捜していたのでございます。毎晩、抜け出していたのは、こちらの様子を報告するためと、何か新しい知らせがありはしまいかと考えていたからでございます」

「牛は、どのように使うおつもりだったのですか──」

「あの牛は、牽牛さまのお近くへゆきますと、猫か犬のように甘えた声で鳴くのでございます。それで、この都を、牛を連れて歩けば、いずれかの場所で鳴くことであろうと。

鳴けば、その場所に牽牛さまがおいでになるであろうと思うていたのです」

「では、このところ、藤原兼家さまのお屋敷近くで、よく鳴いていた牛というのは、やはり織女さまが天からお連れになっていた牛であったのですね」

「はい」

「わたしの方は、兼家様から、このところ屋敷の外で牛が鳴くたびに、不思議のことがおこるのでなんとかしてくれぬかと頼まれて、屋敷にうかがって、牛のことや、あなた方のことを知ったのでござります。もしやと思うたのですが、確証がなく、道満さまにお願いして、さぐっていただいたのです」

晴明の言葉に、

「さようでござりましたか――」

やっと、何かひとつ呑み込めたように、貞則はうなずいた。

「で、晴明さまが今口にしていらっしゃった不思議のこととは？」

織女が問うた。

「それを申しあげる前に、ひとつうかがいたいことがあるのですが――」

「何でしょう」

「結局牽牛さまは、見つけられたのですか？」

「いいえ、まだ……」

「それならば、わたしがかわりに見つけてさしあげましょう」

「本当に!?」

「はい」

うなずいて、晴明は、懐《ふところ》から一巻の巻子《かんす》を取り出して、灯りのもとに置いた。

「これは？」

と、織女と漸台女がそれを覗き込んだ。

巻子に題が記されていて、

『古今和歌集』

とあった。

「これが、牛が鳴くたびに、兼家さまのお屋敷の内で、青く光っていたというのが、先ほどお話しした不思議のことにござります」

「光っていた？」

「はい」

と答えて、晴明は巻子を開き、

「これをごらん下さい」

ふたつの歌を指で示した。

ひとつは、『古今集』の選者でもあった凡河内躬恒《おおしこうちのみつね》の歌で——

我のみぞかなしかりける牽牛も
あはですぐせる年しなければ

というものであった。

もうひとつは、小野小町の歌で——

おろかなる涙ぞ袖に珠はなす
我はせきあへずたぎつせなれば

というものであった。

「これが何か——」

と織女が問うのへ、

「妙じゃな……」

と首を傾げたのは博雅であった。

「わかりまするか、博雅さま——」

「わかるも何も。こちらの躬恒どのの歌で言えば、この〝牽牛〟とあるところは〝ひこぼし〟のはずで、小町どのの歌で言えば、この〝珠《たま》〟とあるのは〝玉《たま》〟ではなかったか――」

「その通りさ、博雅」

晴明は、ここでうっかり、いつもふたりきりでいる時の口調でそう言ってしまったのだが、その場にいるたれも、それには気づかなかった。

「あの晩、たくさん落ちた星のうちのふたつが、兼家さまのお屋敷の、この巻子をめがけて落ちたのさ。落ちて、それぞれ、このふたつの歌の中に身を隠されたのだ。牽牛さまは、この日本国では、牽牛星のことを〝ひこぼし〟と呼んでいるので、そこへお隠れになり、赤珠さまは、小町どのの歌の〝玉〟の中にお隠れになった。そういうわけで、それぞれの文字が、〝牽牛〟、〝珠《たま》〟となっているのだよ――」

「なんと!?」

「では――」

晴明は、右手の人差し指を、自らの紅い唇にあて、小さく呪《しゅ》を唱えた。

それからその指先で、巻子の〝牽牛〟、〝珠〟の文字に触れた。

その途端、それぞれの文字が、〝ひこぼし〟、〝玉〟に変化したかと思うと、巻子が青く光って、灯りの中に、ふたりの男女が立っていた。

いずれも、唐風《からふう》の衣服に身を包んだ若い男と女であった。

「牽牛さま!?」

織女が声をあげた。

「この晴明にできるのは、これまでにござります。この後《のち》は、織女さま、牽牛さま、おふたりのこと——」

晴明は、そう言って微笑したのである。

六

「はてさて、奇妙なことであったなあ、晴明よ——」

博雅は、酒の入った杯を口に運びながら言った。

「まあ、時には、かようのこともあるであろうさ」

ふたりは、簀子《すのこ》の上で酒を飲んでいる。

それぞれ、火桶を膝先に置いているのだが、大気は冷えている。

夜——

寒いが、ここで酒を飲もうと博雅が言ったためである。

「牽牛さま、織女さま、そろって天にもどられたわけだが、今ごろはどのような心もちですごされているのであろうかな」

「さて、天のことは、我らには計り知れぬところもあるからな」

「しかし、天の方々も、ああやって、他のお方を好きになったり、嫉妬されたりするのだな」

「天の星とて、この世にあっては、ゆくもののひとつにすぎぬ。寿命の長さに違いはあれ、ともにいつかは滅ぶものじゃ……」

「そうか、神々も滅ぶものなのか」

「うむ」

「なるほどなあ、滅ぶものなればこそ、人と同じように、恋もされるというわけなのであろうかなあ……」

博雅は、しみじみとそう言って、天を見あげた。

その天で、牽牛と織女が、光っていた。

望月《もちづき》の五位《ごい》

一

あはあはと、梅が匂ってくるのである。

庭のどこかに白梅《しらうめ》が咲いていて、夜気にのって、その香りが届いてくるのである。

闇の中のどこにその梅が咲いているのかは見えないのだが、実際に見えるよりも強く、匂いによって梅の存在が感ぜられるのである。

天には、まだ満月には至らないのぼったばかりの月がかかり、青い光を、晴明《せいめい》の屋敷の庭に注いでいる。

晴明と博雅《ひろまさ》は、傍《かたわら》に火桶を置いて、しばらく前から、簀子《すのこ》の上で酒を飲んでいるのである。

博雅は、杯の酒に月を映《うつ》し、それを眺めている。月を映した酒の表面《おもて》にも、梅の香《か》は流れてきて、酒の香《かお》りと溶けあって、なんとも言えない薫芳《くんぽう》を、そこに漂わせているのである。

酒に映った月と、その香りを、博雅は共に乾《ほ》して、うっとりと溜め息をつく。

「いや、晴明よ、よい心もちじゃ。乾しても乾しても、月も梅の香も、いっこうに減ったという気配がない……」

博雅は、酒を飲むのと共に、月と梅の香《か》にたわぶれて、遊んでいるようであった。

「博雅よ」

晴明が声をかける。

「なんだ」

「月も梅の香りも減らぬかもしれぬが、今夜の酒には限りがあるからな――」

「そんなことくらい、わかっているさ。わざわざ口にするまでもないことだ。晴明よ、おまえには、風流を愛《め》でる心がないのか――」

博雅が問うた時には、晴明はもう月を見あげている。

「じきじゃな……」

月を見つめて、ぽつりと晴明がつぶやいた。

「何がじきなのだ、晴明――」

「月がさ」

「月？」

「今夜は、十三夜《じゅうさんや》じゃ」

「それがどうしたのだ」

「じきに――あと二夜《ふたよ》で望月になると、おれはそう言うたのだ、博雅よ」

「だから、それが何だというのだ、晴明よ」

「望月までには、なんとかせねばならぬなと、そう考えていたのさ」

「何をなんとかするのじゃ」

「式部卿宮《しきぶきょうのみや》が、望月の晩に何かあるのではと心配されているのでな、だから、それまでには、何とかしたいと、そう言うているのさ、博雅」

「晴明よ、だから、それは何かと、さっきからおれは訊《たず》ねているのではないか。おまえ、それに答えたくなくて、わざともったいぶっているのではないか――」

「博雅よ、では、おまえ、式部卿宮のお屋敷で起こっているあのことを知らぬのか？」

「あのこと？」

「夜になると徘徊《はいかい》する、五位《ごい》のお方のことだ――」

「何のことだ、おれは知らぬぞ」

　博雅は言った。

　ちなみに、書いておけば、今晴明が口にした式部卿宮というのは、宇多天皇の第八皇子敦実《あつみ》親王《しんのう》のことではなく、醍醐天皇の第四皇子重明《しげあきら》親王のことである。博雅にとっては、叔父にあたる人物だ。

「教えてくれ、晴明。夜になると徘徊する五位のお方とは、何のことじゃ」

二

十日ほど前から、出るというのである。

東三条殿の南の築山《つきやま》に、出るというのである。

丈《たけ》三尺ばかりの、五位の装束《しょうぞく》を着た太った男が歩くというのである。

夜毎《よごと》に現われ、池の橋を渡り、島を巡って西の対屋《たいのや》に至り、また、もどってそぞろ歩く。

歩きながら、詩を吟ずる。

花間一壺酒　(花間《かかん》　一壺《いっこ》の酒《さけ》)
独酌無㆓相親㆒　(独酌《どくしゃく》　相親《あいした》しむ無《な》し)
挙㆑杯邀㆓明月㆒　(杯《さかずき》を挙《あ》げて明月《めいげつ》を邀《むか》え)
対㆑影成㆓三人㆒　(影に対して三人と成《な》る)
月既不㆑解㆑飲　(月は既《すで》に飲むを解《よ》くせず)
影徒随㆓我身㆒　(影は徒《いたず》らに我が身に随《したが》う)

暫伴二月将一レ影　（暫《しば》らくは月と影とを伴《ともな》い）
行楽須レ及レ春　（行楽《こうらく》は須《すべか》らく春に及《およ》ぶべし）
我歌月徘徊　（我歌えば月は徘徊《はいかい》し）
我舞影零乱　（我舞えば影は零乱《れいらん》たり）
醒時同交歓　（醒むる時は同《とも》に交歓《こうかん》し）
酔後各分散　（酔いし後《のち》は各《おの》おの分散《ぶんさん》す）
永結二無情游一　（永《なが》く無情《むじょう》の游《ゆう》を結《むす》び）
相期邈二雲漢一　（相期《あいき》して雲漢邈《うんかんはる》かなり）

妙な声である。
どこかくぐもっていて、舌足らずなところもあるが、よく響く。
耳にしていて、心地がよい。

次のような意である。

花の間《あいだ》で酒壺ひとつを抱え
相手もなく独りで酒を飲んでいる

杯を挙げて明月をまねきよせて
自分と明月と影を合わせて三人となった
月はもとより酒は飲まず
我が影はただ自分の動きに随《したご》うただけである
月と影とを相手にして暫《しば》らく飲もうか
春の時節《ころ》には遊び楽しまねばならぬ
我歌えば月はそぞろに歩き
我舞えば影はしどけなく散り乱れる
まだ醒めているうちは互いに遊べても
しかし酔うたらそれぞれどこかへ行ってしまう
おい我らいつまで遊んでいられるのであろうかな
次は銀河のいずこかでまた飲もうではないか

なかなかの風流人であり、教養もある。

しかし、丈三尺と言えば、童《わらわ》の背丈である。童が、五位の装束を身につけるわけもなく、また、かような詩を吟ずるということもなかろう。

また、そのような人物の心あたりもない。

件《くだん》の五位は、しばらくそぞろ歩いて、夜明け前にはいつの間にか姿を消してしまうのだが、いったいどこからやってくるのか。どこへ消えてしまうのか。

妙にこわく、妙におそろしい。

ただ、その声はさびさびとして心にしみるので、頃あいになると、重明親王も、外には出ずに、西の対屋で息をひそめて、件の五位の声を聴いていたというのである。

「しかし、気になりまするな」

と言った者がいた。

親王に仕《つか》えている家人《けにん》のひとりであった。

「何かあってもいけませんので、わたしが様子を見てまいりましょう」

この家人は、夜の庭に潜んで、件の五位が出てくるのを待った。

と――

　　花間　一壺の酒
　　独酌　相親しむ無し

声が聴こえてきた。

その声が、だんだんと近づいてくる。

杯を挙げて明月を邀え
影に対して三人と成る

見やれば、三尺ほどの五位の装束を身につけたずんぐりした男が、月光の中、池の橋を渡ってこちらへやってくる。

自ら言い出したことではあったのだが、いざとなると、口の中が乾き、心《しん》の臓《ぞう》は激しく高鳴って、声をかけることができない。

その男が通り過ぎてから、ようやく家人は勇気をふりしぼり、繁みから出て、声をかけた。

「もうし、もうし……」

声が少し震えた。


我歌えば月は徘徊し……


五位の男の声が止んで、そこに立ち止まった。

「そなたは、たれじゃ」

問えば、

「名はない……」

背を向けたまま、五位の男が言う。

くぐもっているが、よく響く声であった。

「我は、徘徊《はいかい》する月じゃ……」

「なんじゃと!?」

「早う望月にならばや……」

浅緋《あさあけ》色の装束を着た五位が言った時、家人はようやく気がついていた。

五位装束の男が、その頭に、烏帽子《えぼし》も冠も、何も載せていないことに。

それだけではない。

頭のかたちが、歪《ゆが》んでいる。

これは、人ではない。

小さい漢《おとこ》でも、童でもない。

人とは別のものだ。

五位装束の男がふり返った。

その貌《かお》を見た。

不気味な貌であった。

鼻が、無い。

眼はあったが、それは、丸い穴であった。それが、貌の左右にひとつずつ——

口もまた、丸い穴であった。

表情が無い。

「望月にならばや……」

「望月にならばや……」

家人は、総毛立った。

こちらを向いた五位装束の男のその頭の右上部が無かったからである。

頭頂のあたりから、右眼の少し上のあたりまで——割られたか、切り取られたか、獣にでも齧《かじ》り取られたか、ともあれ、頭部の三分の一ほどが無かったのである。

もう、我慢できるものではない。

「あなやっ！」

と叫んで、家人は逃げ出してしまった。

三

「まあ、それが昨夜のできごとであるというわけなのさ、博雅よ」

晴明は言った。

「しかし、狐狸《こり》の類《たぐい》かもののけかはわからぬが、李白《りはく》翁の詩を吟じていたとは、なかなか風雅の心のある奴ではないか――」

博雅が言うと、

「凄いな博雅よ、その通りだ。言う通り、その五位の装束を着たものが吟じていたのは、李白酒仙の『月下独酌』という詩さ」

晴明は、感心したように言った。

「それくらいはわかる。だが、わからぬのは、その五位殿が、どうして李白翁の詩を吟じていたのかということだな……」

「幾《いく》つか、思うところはある」

「その五位殿、己《おの》が身を月に喩《たと》えている……」

「何なのだそれは？」

「おう、確かに――」

「自らのことを、〝我は、徘徊する月じゃ〟と言い、〝早う望月にならばや〟とも口にしている」

「うむ」

「李白翁の詩の中《うち》にも、〝我歌月徘徊〟とあるではないか」

「しかし、それが何を意味しているのだ、晴明――」

「わからぬ」

「なんだ、わからぬのか」

「しかし、重明様は、御心配しておられる」

「心配？」

「〝早う望月にならばや〟と、五位殿が口にされたという、それを案じておられるのさ」

「――――」

「明後日は、望月じゃ」

「うむ」

「だから、望月になる明後日、何かよからぬことが起こるのではないかとな」

「なるほど……」

「それで、重明様、今日の昼、おれのところに人をよこして、どうしたらよいかと言うてきたのさ、博雅よ――」

「なんと――」

「で、今夜、ゆくと、そう返事をしておいた」

「では、今日、おれに声をかけたのは……」

「一緒にどうかと思うてな」

「月を眺めながら一杯やろうと、そういう話であったが……」

「この続きは、東三条殿でどうじゃ。もののけの五位殿が、李白翁の詩を吟ずるのを聴きながら、月下で酒を飲もうということさ。それほど悪い趣向《しゆこう》ではあるまい」

「う、うむ」

「これからゆけば、五位殿が現われる前には、東三条殿に着いているだろう。どうじゃ、ゆくか――」

「む……」

「ゆこう」

「ゆこう」

そういうことになったのであった。

四

晴明と博雅は、杯を交している。

東三条殿の池の中にある島の中央あたりだ。

そこが、少し山の如くに盛りあがっている。松が生えていて、その根元に近い場所に敷物をして、火桶を置き、酒を飲んでいるのである。

横で火が焚《た》かれており、その炎の熱がなければ、冷気が骨まで刺してくるところだ。

ふたりにつきそっているのは、蜜虫《みつむし》である。

屋敷についてから、晴明は、重明親王から幾つか話を聴き、

「なるほど、件《くだん》の五位殿はあの島を巡り歩くということでござりますか――」

そう言った。

中央のあたりに、枝ぶりのよい松のあるのを月明りに見て、

「あれなる松は？」

晴明は訊ねた。

「昨年、神泉苑《しんせんえん》で見つけ、その姿が気に入ったので、あそこへ移したものじゃ――」

「ほう……」

何か思うところでもあるのか、晴明は二度三度、小さく顎《あご》を引いてうなずいた。

晴明自らこの場所を選び、松の周囲を家人たちに掘らせてそこを平《たい》らかにし、そこに敷物をさせて、火を焚かせ、博雅と酒を飲みはじめたのである。

「さようなればあれにて――」

重明親王をはじめとして、東三条殿の人間たちは、いずれも屋内にひっ込んで、息を殺している。

西の対屋の先が、池を渡って、島の西の端に届いている。

南からやってきた五位装束の男は、橋を渡って島に至り、西の対屋に近づき、そしてまたもどり、島を中心にして、うろうろと朝方まで歩き、そして消えるという。

この島であれば、必ずや出会えるであろうと、晴明が場所をそこへ定めたのである。

氷のような月の色であった。

夜が更け、いよいよ冴えざえと月が輝いている。

「しかし、よいのか、晴明よ」

博雅が言う。

「何がだ」

「このように、火を焚き、隠れもせずに酒を飲んでいることがさ。我らを見て、五位殿、来ないということになりはしまいか――」

「まさかよ……」

「なにがまさかじゃ」

「五位殿、見られたくなく、人知れずやってくるというのなら、どうして、李白殿の詩を吟ずるのじゃ……」

「それもそうだ」

「ここへ現われるのも、たれかに訴えたきこと、聴いて欲しいことがあるからこそのことであろうよ――」

「うむ」

「昨夜、問われて、五位殿は答えている。問うた者が怖がって逃げたりせねば、きちんと話は聴けていたはずではないか――」

晴明がそう言った時、果たして、

花間　一壺の酒
独酌　相親しむ無し……

李白の詩を吟ずる声が遠くから微かに響いてきた。

月は既《すで》に飲むを解《よ》くせず
影は徒《いたず》らに我が身に随《したが》う……

その声が近づいてくる。

「よい声じゃ……」

博雅がつぶやく。

三尺ばかりの、ずんぐりした影が、橋を渡ってきた。

「来たぞ、博雅……」

晴明は杯を置き、立ちあがった。

博雅も立ちあがって晴明に並ぶ。

やってきたものを見れば、果たしてぼろぼろの五位の装束を身につけており、頭部の右側が欠けたように無い。

双眼は、ふたつの穴のようにあいていて、口もまた、穴のようで唇や歯というものが無い。

なんとも不気味な顔が、炎の灯《あか》りと月光の中に浮かびあがっている。


行楽《こうらく》は須《すべから》く春に及《およ》ぶべし……

やってきた五位装束のものの前に出て、

「五位殿、お待ちを……」

晴明が言うと、それが足を止めた。

それは、表情のない眼の穴を晴明に向け、凝《じ》っと晴明を見ているようであった。

「夜毎《よごと》にここを徘徊《さまよ》うておられるのは、何かこちらにござりまするのか？」

晴明が問えば、

「望月にならばや……」

「望月にならばや……」

それは、ぼうぼうとうろに響くような舌足らずの声で、そう言った。

「何か、お捜しものにございますか？」

晴明が問う。

それはうなずき、

「望月に、望月になるために、必要なもの……」

ぼうぼうと言った。

「ほほう」

と、晴明は懐《ふところ》に右手を入れ、

「お捜しのものは、これにございましょうか――」

右手を差し出した。

その右手にのっていたもの、それは、かわらけの破片であった。

かわらけの欠《かけ》らが五つ――

それを見るなり、

「おう……」

と、それは、悦《よろこ》びの声をあげた。

それは、左手に晴明から渡された欠らをのせ、右手でそれをひとつずつつかみあげながら、自分の頭《かしら》の無くなっているところへあてていった。

すると、その欠らは、それぞれがぴたりぴたりと合わさって、五つ目の欠らを合わせた時には、きちんとした顔となっていたのである。

眼や口が、穴のままというのは同じであったが、見ることのできる顔となった。

そうなってみると、怖ろしげであったその顔も、どことなく愛敬のある顔である。

「これでござります。これでござります」

それは、喜びの声をあげ、

「これで、欠けていた頭が満ちて望月となり、もとにもどりましてござります」

晴明に向かって頭を下げた。

博雅が問う。

「おい、晴明、いつの間にそのようなものを――」

「さきほど、ここを掘って平らかにならした時、土中より出てきたものでな、思うところあったので、拾うて懐に入れておいたのさ――」

「な……」

博雅は、言葉もない。

「ところで、五位殿、何故このようなことに？」

晴明が訊いた。

「はい。今より遥か昔、このあたりに棲《す》んでいたものたちがござりまして、わたくしは、祀事《まつりごと》に使われるため、そのものたちの手によって作られた人形《ひとがた》のかわらけにござります。時移り、人も移り、わたくしはそのまま土中のものとなったのでござりまするが、人から拝《はい》されること長きにわたっていたため、いつの間にか心が芽ばえ、百数十年の昔、空《くう》海和尚《かいおしょう》が神泉苑にて雨乞《あまご》いの御修法《みしゅほう》をとりおこなったおりに、その通力《つうりき》に感応して、かように心を持つようになったものにござります……」

「吟じていたあの詩は？」

「小野篁卿《おののたかむらきょう》がまだこの世にあった頃、時の帝と、月見の宴《うたげ》を、神泉苑にて催されたことがござりました。そのおり、小野篁卿が件の詩を吟じられて、わたくしもそれを覚えたものにござります――」

「ほう」

「昨年、この屋の主《あるじ》重明様が、神泉苑で見つけたこの松の近くの土中に、わたくしは埋まっておりまして、松を移す時に、頭を割られ、その欠らが松と共に運ばれて、ちょうどこのあたりの土中に、松の根と共に埋められたのでござります」

「で、その欠らを捜しに!?」

「はい」

それはうなずき、

「この五位装束は、たれが捨てたか、神泉苑の中に落ちていたもの。雨風にさらされてぼろぼろでございましたが、重明様のお屋敷にうかがうのに裸ではあまりにと思い身につけたものにございます」

　このように言った。

「詩を覚えたのはうかがいましたが、自らその詩を吟ずることとしたのは？」

「幸いにも、覚えたのが月の詩にございました。ために詩を吟《よ》み、欠けたる月が望月となってゆくように、自分の頭《かしら》をもとにもどしたいということを、重明様にお伝え申しあげたくて、夜毎に現われては、詩を吟《よ》んでいたのでございます。しかし、あなた様のおかげにて、本日、かようにもとの姿となることができました……」

「なるほど、そういうことであったか――」

「では、これでわたくしも去《い》にましょう。もう、これで、ここへ姿を現わすということもなくなるでしょう」

「それはそれでかまわぬが、去《い》ぬ前に、先ほどの続きを聴かせてはもらえぬか――」

　晴明は言った。

「おう、それはよい」

　晴明の傍で、博雅が声をあげ、

「我ら、詩の途中までしか聴いておらぬでな、あれを終《しま》いまで聴きたいのじゃ」

　大きくうなずいた。

「では、はじめからお聴かせいたしましょう……」

そう言って、五位殿は、始めから李白の『月下独酌』を、その場で吟んでくれたのである。

五位殿が詩を吟む声がぼうぼうと響き、

永く無情《むじょう》の游《ゆう》を結《むす》び
相期《あいき》して雲漢邈《うんかんはる》かなり……

そして、その詩の最後を吟み終えるのと一緒に、五位殿の姿も消えていたのである。

そして、その晩から、件の五位殿は姿を見せなくなった。

五

しばらくして、晴明が、人をやって、神泉苑の件の場所を掘らせたところ、古《いにしえ》の風体をした、かわらけでできた人形《ひとがた》が出てきた。

頭の右側上部に欠けた跡があったが、それはくっついていて、掘り起こしても壊《こわ》れたりはしなかったという。

晴明は、件の人形をひきとって、自分の屋敷の奥のひと間にそれを置き、時おり李白翁の詩を吟ませて、博雅と酒を飲んだりしているらしい。

夜叉婆あ

一

夜の山路を、ふたりの男が駆けているのである。

先を走る者は、鉈《なた》を手にしている。

後から走る者は、弓を手にしている。

何者かに追われているのか、ふたりは、時おり後ろを振り返り、必死の形相で駆けているのである。

ふたりは、兄と弟であり、兄が鉈を手にして先に走っている多人《たびと》である。後から駆けているのが、弟の真人《まびと》である。

月明りはあるのだが、杉の梢《こずえ》が路の上に被《かぶ》さっていて、その明りの半分も地上には届いていない。

それでも、ふたりは懸命《けんめい》に走っている。

ふいに、周囲が開けた。

まだ森の中ではあったが、そこだけ樹が生えておらず、月明りが、遮《さえぎ》られずに注いでいるのである。

苔生《こけむ》した石段があった。

「おう、寺じゃ」

「寺があるぞ」

一瞬立ち止まったふたりであったが、後ろを振り返り、

「こうなったら、御仏《みほとけ》にすがるしかあるまいよ」

「おう、そうしよう」

そう言いあって、すぐにまた石段を登りはじめた。

石段は、ところどころで崩れており、ほとんど手入れがなされていないようであった。

石段を登りきったところに、山門があった。

月明りになんとか額《がく》の文字を読めば、

〝明光寺〟

とある。

しかし、山門は崩れ、門の屋根の上には、草がおい繁っているようである。

破《や》れ寺であった。

たれも住んでいそうにない。

門の中——境内を見やれば、雑草が伸び放題《ほうだい》であり、そこに、青い月光が注いでいるばかりである。

「ううむ」

「どうするのじゃ、このままでは追いつかれてしまうぞ」

ふたりが言っているところへ、

「お困りのようじゃな……」

そういう声が響いた。

嗄《しわ》がれた、男の声であった。

門の柱の陰から、むくりと人影が身を起こした。

黄色く光る獣のような双眸《そうぼう》が、ふたりを見ていた。

二

多人《たびと》と真人《まびと》は、兄弟で、いずれも鹿や猪を捕ることを役《やく》としていた。

猟師である。

ふたりで山に入り、獲物を捕る。

その肉を食べ、余った肉や、皮、角などは都へ持ってゆき、米や衣《きぬ》などと代《か》える。

丹波《たんば》の山の中に家があって、老いた母と三人で暮らしていた。

しかし、このところ、この母が、よる歳なみのためか、ものを食べなくなった。干した肉や、塩漬《づ》けにしていた肉は、堅《かた》くて嚙むことができないようである。

「ああ、いやだいやだ、こんなに堅くなった獣の肉は、歯が通りやしない。おまけに臭うて臭うて、口にも入りやしない。もっと新しい、柔らかい肉ならいいのにねえ……」

母はそう言うのである。

「ああ、可愛いおまえたち。多人も真人も、あたしは若い頃、死ぬほどの苦労をして、おまえたちを育ててきたんだよ。こんどは、おまえたちが、このあたしを喰わせてくれなきゃあ……」

それならばということで、ふたりは、獲物を捜して山へ入ったのである。

〝待《まち》〟

という猟を、ふたりは得意としていた。

鹿や猪が通りそうな場所を見つけ、その近くの樹を選ぶ。その樹の高いところにある枝の胯《また》から胯へ、何本かの横木を渡して、その上で、下を通る鹿や猪を弓で射るのである。

そこから四、五段《たん》（四〇メートルから五〇メートル）ほど離れた樹の上にも同様のものを作り、兄と弟がそれぞれの横木の上に座して、獲物を待つ。

しかし、その日は、いつまで待っても、鹿も通らなければ、猪も通らない。

そのうちに日が暮れた。

「どうしましょう」

向こうの樹の上から、弟の真人が多人に声をかけてきた。

「なあに、暗くなったって、獣が下を通りさえすれば、その足音や気配で居場所は知れる。居場所さえわかれば、その音をたよりに獲物を射とめるくらいは、我らにとっては造作もないことじゃ」

このように兄の多人は言ったので、真人もなるほどと思い、さらにふたりはそこで待ったのである。

ついに、夜となって、空に月がかかった。

それでも獲物は現われず、闇は深くなり、風が出てきたのか、ざわりざわりとあたりの梢が揺れはじめた。

と——

何かが多人の髪に触れているのである。

かさり、
かさり、
と、何かが髪に当たっている。

多人は、はじめ、それは樹の梢であろうと思った。風で梢が揺れ、葉の先が髪に触れているのであろうと。
だが、そうではなかった。
その、触れている何かが、多人の髪を摑《つか》んできたからである。
む、
と思った時には、髻《もとどり》を摑まれていた。それが、強い力で、自分を上へ引きあげようとした。
むむ、
とこらえて、弓を持っていない方の右手を上へ伸ばせば、何かが触れた。それは、細い、骨張った人の手であった。
む、
むむ、
と、多人はその手と引きあった。
凄い力である。
右手でその手を摑んでいなければ、髻を引く力によって、上へ持ちあげられてしまうところだ。
髻を引かれているので、上を見ることができず、そのため、いったい何者がこのようなことをしているのかわからない。

「おうい、真人――」

多人は、向こうの樹の上にいる弟に声をかけた。

「何でございますか？」

闇の中から真人の声が響いてきた。

「鬼だか夜叉だかはわからぬが、今、おれの髻を摑んで、引っぱりあげようとする者がおるのじゃ」

「何ですと？」

「これが何者かわかるか」

「見えませぬ」

弟の真人は言った。

互いに、闇の中とて、居場所の見当はつくものの、見えず、届いてくるのは声ばかりである。

「おれの頭の上八寸じゃ。射ることはできるか!?」

「兄上の声をたよりに、そのあたりを射ることはできましょう」

「では、射よ」

「はい」

と、弟の真人は、鴈胯《かりまた》の矢を弓につがえ、ひょう、と射た。

手の主は、髻を摑んでいた手を引きもどそうとしたが、多人がその手を握っているため、逃《のが》れることができない。

ひゅん、
と、風を切る音がしたかと思うと、
ごつん、
と、矢がその手の上を射抜く音が聴こえ、髻に加えられていた力が失くなり、何かが、頭の上からだらりとぶら下がった。

多人が摑んでいたものを、月明りにかざしてみれば、それは、皺だらけの、痩せさらばえた人の腕——手首から先であった。

「手を残して逃げた」

多人が言う。

「兄者《あにじゃ》、かようのことがあっては、もう、猟はこれまでと考えて、引きあげましょう」

「わかった」

兄と弟は、樹から下り、そこで、多人は真人にその手を見せた。

「鬼の手とは、かようのものでござりましょうか」

真人は言った。

そして、ふたりはその手を捨てず、多人が持って、家へ帰っていったのである。

「母《はわ》さま、おそくなりました」

「申しわけございませぬが、獲物はございませぬ」

ふたりは言ったのだが、母は壺屋《つぼや》から出てこない。

ただ、闇の中から、

「痛《いた》や……」

「痛や……」

という声が響いてくる。

「はて――」

と、首をかしげた多人であったが、

「己《おの》れら、我が手を矢で射切《いき》りたるかよ」

と、恨みに満ちた声が、壺屋の中から響いてくる。

――何事であろうか、と思って、

「もし……」

と多人が声をかけた時、

「痛いぞええ」

と叫んで、壺屋の中から跳び出してくる者があった。

髪振り乱し、凄まじい顔をした、母であった。

思わず、多人は、手を投げ捨て、持っていた弓で、その顔を打った。

その弓は、母の口に当たり、母は、黄色くなった牙と歯でその弓に嚙みついていた。

ばりばり、
と、母がその弓を嚙み砕く。

弟の真人が、弓に矢をつがえて母をねらったが、

「己れら、母を射殺す気か」

母がそう叫んだので、真人は、矢を放つことができなかった。

「ひもじゅうてならぬ、ひもじゅうてならぬ……」

そう言いながら、母が襲いかかってきたので、ふたりは走って逃げ出した。

多人は、すでに弓を喰われていたので、腰から鉈を引き抜き、それを右手に握って走っている。

走りながら振り返ると、青い月光の中を、母が飛ぶようにして追ってくるのが見える。

「ひもじや」

「ひもじや」

追ってくる母の双眸が、獣の如くに青く光っているのである。

そうやって逃げ、ようやく見つけた寺へたどりついてみれば、そこは破れ寺であった。

どうしたものかと、そう思っているところへ、

「お困りのようじゃな」

そういう声が聴こえ、歳経《としへ》た老人が、柱の陰から身を起こしたのである。

三

「どうした、たれぞに追われておるのか？」

その男は言った。

細く差してくる月明りに見れば、老人のようであった。

髪は、蓬《よもぎ》の如くにぼうぼうと立ちあがっており、身には襤褸《ぼろ》同然の黒い水干《すいかん》を纏《まと》っている。

むくり、むくりと老人は立ちあがった。

「そ、そなたは!?」

問うたのは、多人である。

「蘆屋道満《あしやどうまん》……」

と、老人は言った。

「法師陰陽師《ほうしおんみようじ》よ」

「お、陰陽師……」

「せっかく、ゆるりと寝ておったに、起こされてしもうたわ」

奇怪《きっかい》な老人であった。

どうして、かような人里から離れた破れ寺の門の下で眠っているのか。

「そなたらは？」

老人——道満が問うた。

問われて、ようやく自分たちがまだ名のっていないことに気づき、

「多人と申します」

「真人にござります」

ふたりは、名を告げた。

道満は、夜目が利《き》くのか、ふたりをじろりと眺め——

「それは何じゃ……」

多人に問うた。

「それ？」

「それよ」

道満は、顎をしゃくって、多人の首の後ろあたりを眼で示した。

そこを見やった真人が、

「わっ」

と、声をあげた。

なんと、多人の襟首に、皺だらけの右手首が、ぶら下がっていたのである。

真人が、その手を摑んで引きはがそうとしたのだが、よほど強い力で襟《えり》を握りしめているのか、手は襟を放そうとしなかった。

「待て――」

そう言って道満は、多人の背後へ回り、何やら小さく口の中で呪《しゅ》を唱え、その唇へ右手の人差し指をあて、その人差し指で、多人の襟を摑んでいる手に触れた。

どさり、
とその手が落ちた。

「たれの手じゃ」

道満が言う。

月光の中で、地に落ちたその手を見つめながら、

「わが母の手にござります」

多人は言った。

「何じゃと……」

道満がつぶやくと、ふたりは、ここまで逃げてきたいきさつについて、短く語った。

「この手は、わが母のものと知らぬからこそ射ることができたもの。追ってくるものが、

わが母とわかっていては、弓で射ることはできませぬ」

真人は言った。

「そうか、そなたらの母者が追うてくるのかよ……」

く、
く、
く、
と、低く含み笑いをして、

「可愛ゆいのう……」

道満は言った。

「可愛ゆい？」

「そなたらの母者がよ――」

「どういうことでござります？」

「母者は、そなたらが幾つになっても、可愛ゆうて可愛ゆうてならぬのじゃ。老いて、死期が迫っても、死にとうはない。母が、子より先に死にたいなどというあれは嘘じゃ。それは、世の阿呆《あほう》どもが口にする戯《ざれ》ごとにたれもが騙《だま》されておるのさ。親は、たれであれ、自分の子らが死ぬまで見続けていたい、可愛がってやりたい、子より長く生きて、子が死ぬまで、何かしらしてやりたいと、苦しいほどに願うておるものさ……」

道満は、ふたりを見た。

「老いて死する頃になると、そういう母のある者は、その思い余って鬼となるのさ。鬼となって、死ぬる前に我が子を啖《くら》うのさあ……」

道満は、にったりと嗤《わら》った。

「な」

道満がふたりを見やる。

「可愛ゆいではないか……」

笑みが、まだ、道満の口元にへばりついている。

なかなか凄みのある笑みであった。

いったい、どのように生き、どれだけ生きれば、このような笑みを浮かべることができるのか。

「しかし、ぬしらとしたって、いくら相手が母者であろうと、喰われてやるわけにもゆかぬであろう」

「どうぞ、お助け下されませ。陰陽師といえば、このようなことにはお通じなさっていらっしゃるのではござりませぬか――」

「さあて……」

道満は、右手で、白い髭《ひげ》の生えた顎を撫で、

「なんとかしてやらぬこともないが……」

道満は、じろりじろりと、多人、真人を見やり、

「酒はあるか」

そう言った。

「酒、でござりまするか」

「うむ」

「酒なれば、我らが毎年、山葡萄《やまぶどう》を集めて作っているものがござりまするが……」

「なれば、それをもらおうか」

「いつでも」

と、真人が言えば、

「しかし、どういたせばよろしいのでござりましょう」

「その母者だが、まだ来ぬということは、ぬしらを追ってこの破れ寺をゆきすぎたのであろうが、しかし、すぐに気がつき、いずれはここにやってこよう。そこに、母者の手があるでな——」

見れば、落ちた手首は、もぞりもぞりと指先を動かして、蜘蛛《くも》のように、藪《やぶ》の中に這《は》ってゆこうとしている。

「ぬしらの母者は、すでにこの世のものではあるまい。何日か前に死して、今は、その

妄執《もうしゅう》だけが残って、その身体を動かしているのであろう。なれば……」

「なれば？」

「まあ、来い」

道満は、先に立って、境内の中へ入っていった。

草をわけて、小さな本堂の前までゆき、崩れた土壁のところから中へ入った。

本堂の中も、荒れ果てていた。

屋根が壊れ、そこから月光が恣《ほしいまま》に注いでいる。

床の板が腐り、そこからも草が生えている。

「おう、ここに仏がおられるわ」

道満は言った。

床の上に、木に彫られた仏像が二体、転がっている。その身体には蔓《つる》がからみつき、一部は腐って、苔《こけ》が生えている。落ちた屋根の間から、雨雪が注いで、仏を濡らしたのであろう。

「観音菩薩《かんのんぼさつ》殿と、勢至《せいし》菩薩殿じゃ」

言いながら、道満は、その二体の仏像を小脇に抱え、門の下までもどってきた。

「さて、では、ここでぬしらの髪をもらおうか――」

道満が言う。

「髪?」

「そうじゃ」

言いながら、道満は、二体の仏像を、門の下に立てた。立たせてみれば、その高さは、ちょうど、道満の腰くらいである。

道満は、懐《ふところ》から小刀を右手で取り出し、多人の前まで歩いた。そして、道満は、多人の髻を摑み、ふっつりと髪を切り落とした。

その髪を、観音菩薩の首に巻きつけた。

次にしたのは、観音菩薩の背へ指をあて、その指を動かすことであった。

〝霊〟

〝宿〟

〝動〟

指で、その仏の背へそう書いた。

次が、真人であった。

道満は、真人の頭からも髪を切り落とし、それを勢至菩薩の首に巻きつけた。

そして、多人の時と同じく、その背へ指で同様に文字を書いた。

「これでよい」

道満は、満足そうにうなずいた。

次に、道満がやったのは、落ちていた木の枝を拾い、ふたりを門の外に立たせることであった。そして、ふたりの横に並び、自分たちの周囲の地面に、手にした木の枝で円を描き、またもや小さく口の中で、何やらの呪を唱えた。

それを終えると、

「何があろうと、声をたつるでないぞ――」

道満は言った。

多人と真人は、顔を見合わせ、道満に向かってうなずいた。

それから、ほどなく――

「いずくにおる？　いずくじゃ、多人よ、真人よ……」

そういう声が、石段の下方から響いてきた。

「わかるぞえ、こちらであろう。この石段の上の方じゃな……」

その声が、だんだん近づいてくる。

多人と真人は、生きた心地もしない。

まず、石段の縁から、あがってきたのは、皺だらけの右手首であった。

右手首が、石段から這いあがってきて、もぞり、もぞりと、二体の仏像の方へ這ってゆく。

続いて、その手を追うように、人影が姿を現わした。

白髪を振り乱した老女——多人と真人の老いた母であった。

「どこじゃ、いずくにおる……」

その身体は、青く光り、月光に、ぞっぷりと濡れそぼったようになっている。全身から、その月光がしたたり落ちているようであった。見れば、その白い髪の中から、二本の角が伸びている。

老女の碧《あお》く光る眼が、仏像の上に止まった。

「おう、そこにいやったか、そこにござしゃったか——」

角のある老女は嬉々《きき》とした笑みを浮かべ、

「おう、嬉しや嬉しや、おう、可愛いやのう……」

二体の仏像に歩み寄り、

「多人よ、多人よ、啖いたし、そなたの肉を啖いたし——」

まず、観音菩薩の像の、首のあたりに噛みついた。

そして、そこの木を、がりがり、がつん、ごつんと噛みきっては、それを飲み込んでゆく。

「おう、美味《うま》し。この血は甘露《かんろ》ぞ」

次が、勢至菩薩——真人であった。

そちらへ、老女は顔を向け、

「どうじゃえ、次の真人の肉は、どうであろうかのう——」
かあっ、
と口を開き、両手で像を抱え、頭からかぶりついた。
がつん、
ごじり、
ごつり、
と、像を嚙みきりながら、それを歯で砕き、飲み込んでゆく。
時おり、歓極《かんきわ》まったように、首を左右に打ち振って、
「おう、美味《うま》や、美味《うま》や……」
赤い舌でへろへろと唇を舐《な》めながらそう言った。
ついに狂った。
そして、仏像二体の肉を啖いながら、ふいに、
ことり、
と、老女がそこに倒れ伏した。
そして、老女は動かなくなった。
「よいぞ……」
道満が言った。

多人と真人のふたりは、おそるおそる、倒れた母の方へ歩み寄り、そっと、その身体をふたりで抱えて仰向けにした。

その顔は、すでに鬼のものではなく、角も牙も生えていなかった。

ただ、満足そうな笑みを浮かべている顔が、月光に照らされているばかりである。

「おう、可愛ゆい顔じゃ、なんと、可愛ゆい顔じゃ……」

道満が言う。

「母さま……」

「母さま……」

多人と真人が、母の身体を抱いて、声をあげて泣きはじめた。

あとがき

――秋であります

様ざまのことが、人の一生にはある。
その様ざまのことがあったあげくの秋である。
一年は、まだ終っていない。
まだ残された時間はもちろんあるが、しかし、　秋である。
秋には秋の風が吹き、秋には秋の花が咲く。
また、秋には秋の花が咲くべきである。
台風や嵐はやってくるとしても、けれど、その中で秋の花は咲くのである。
竜胆《りんどう》。
女郎花《おみなえし》。
吾亦紅《われもこう》。
秋麒麟草《あきのきりんそう》。

松虫草は、もうすでに夏の頃には咲いていたか。

『陰陽師』はいつも、書き出すそのおりそのおりの季節のことから始めている。

桜が咲いていれば、その桜のことを、梅雨が降っていればその雨のことを書くことから、話は始められてゆく。

だから、『陰陽師』という物語は季節の物語でもあるのである。

書き出して、ざっと二十五年――

一作目を書いたのは、三十五、六歳の頃である。

人が生まれてから死ぬまでのその真ん中あたりの歳月をほとんどまるまるかけて、この物語を書いてきた。

夏の盛り。

季節《とき》は過ぎ、すでに、ぼくの周囲は秋の気配である。

萩《はぎ》は咲き、鳴いている蟬の声は、日々少なくなり、ぼくはぼくの部屋で、ぽつんとただひとり、ペンを握って、この原稿を書いているのである。

今日は、親父の十三回忌の法要の日だ。

ちょうど、親父が死んだのが、七十四歳の時である。

ぼくは、今年で六十一歳になった。

あと十三年で、親父の死んだ齢になる。

関節の可動域はせまくなり、身体のあちこちにガタがきてはいるが、まだ、だましだまし、この肉体を使っていけそうである。

もちろん、まだ、時間は残っている。

やるべきこと――書かねばならない物語は、いまだ、いっこうに減る気配を見せない。

なんとも秋はしかし豊饒の季節である。

なんともなんとも、ありがたい秋をむかえつつあるのである。

晴明と博雅のように、ほろほろと酒を飲みたくなる季節である。

つくづくとつくづく愛《お》しと秋の蟬

そんなわけで、ここに二十五年目の『陰陽師』をおとどけしたい。

二〇一二年九月十三日

小田原にて

夢枕　獏

夢枕獏公式ホームページ「蓬萊宮」アドレスhttp://www.digiadv.co.jp/baku/

単行本　二〇一二年一〇月　文藝春秋刊

文春文庫

陰《おん》陽《みよう》師《じ》　酔月《すいげつ》ノ巻《まき》

定価はカバーに
表示してあります

2015年1月10日　第1刷
2023年8月15日　第2刷

著　者　夢《ゆめ》枕《まくら》　獏《ばく》
発行者　大沼貴之
発行所　株式会社 文藝春秋

東京都千代田区紀尾井町 3-23　〒102-8008
TEL　03・3265・1211㈹
文藝春秋ホームページ　http://www.bunshun.co.jp

落丁、乱丁本は、お手数ですが小社製作部宛お送り下さい。送料小社負担でお取替致します。

印刷製本・凸版印刷

Printed in Japan
ISBN978-4-16-790270-4

（　）内は解説者。品切の節はご容赦下さい。

夢枕　獏
陰陽師《おんみようじ》
死霊、生霊、鬼などが人々の身近で跋扈した平安時代。陰陽師安倍晴明は従四位下ながら天皇の信任は厚い。親友の源博雅と組み、幻術を駆使して挑むこの世ならぬ難事件の数々。
ゆ-2-1

夢枕　獏
陰陽師《おんみようじ》　飛天《ひてん》ノ巻
都を魔物から守れ。百鬼夜行の平安時代、風水術、幻術、占星術を駆使し、難敵に立ち向う安倍晴明。中世の闇のなんとこっけいで、おおらかなこと！　前人未到の異色伝奇ロマン。
ゆ-2-4

夢枕　獏
陰陽師《おんみようじ》　付喪神《つくもがみ》ノ巻
妖物の棲み処と化した平安京。魑魅魍魎何するものぞ。若き陰陽師・安倍晴明と盟友・源博雅は立ち上がる。胸のすく二人の冒険譚。ますます快調の伝奇ロマンシリーズ第三弾。（中沢新一）
ゆ-2-5

夢枕　獏
陰陽師《おんみようじ》　鳳凰《ほうおう》ノ巻
魔物は闇が造るのではない、人の心が産むものなのだ、博雅。さて、ゆくか――。平安の都人を脅かす魑魅魍魎と対峙する、ご存じ安倍晴明・源博雅二人の活躍を描くシリーズ第四弾!!
ゆ-2-7

夢枕　獏
陰陽師《おんみようじ》　生成《なまな》り姫
源博雅が一人の姫と恋におちた。恋に悩む友を静かに見守る安倍晴明。しかし、姫が心の奥に棲む鬼に蝕まれてしまった。果して姫を助けられるのか？　陰陽師シリーズ初の長篇遂に登場。
ゆ-2-9

夢枕　獏
陰陽師《おんみようじ》　龍笛《りゆうてき》ノ巻
蝶の蛹や芋虫など、虫が大好きな露子姫の許に、あの蘆屋道満から禍々しい幻虫が送られてきた。何を企むのか道満!?　晴明と博雅は虫退治へと向うのだが……。「むしめづる姫」他全五篇。
ゆ-2-13

夢枕　獏
陰陽師《おんみようじ》　太極《たいきよく》ノ巻
安倍晴明の屋敷で、いつものように源博雅が杯を傾けている所へ、虫が大好きな露子姫がやってきた。何でも晴明に相談があるというのだが……。「二百六十二匹の黄金虫」他、全六篇収録。
ゆ-2-15

（　）内は解説者。品切の節はご容赦下さい。

夢枕　獏
陰陽師《おんみようじ》　瀧夜叉姫《たきやしゃひめ》　（上下）

次々と平安の都で起きる怪事件。それらは、やがて都を滅ぼす恐ろしい陰謀へと繋がって行く……。事件の裏に見え隠れする将門との浅からぬ因縁。その背後に蠢《うごめ》く邪悪な男の正体とは？

ゆ-2-17

夢枕　獏
陰陽師《おんみようじ》　夜光杯《やこうはい》ノ巻

博雅の名笛「葉二《はふたつ》」が消えた。かわりに落ちていたのは、黄金の粒。はたして「葉二」はどこへ？　晴明と博雅が平安の都の怪事件を解決する〝陰陽師〟。「月琴姫」ほか九篇を収録。

ゆ-2-20

夢枕　獏
陰陽師《おんみようじ》　天鼓《てんこ》ノ巻

盲目の琵琶法師・蟬丸にとり憑いた美しくも怖ろしい女の正体とは？　女を哀れむ蟬丸が、晴明と博雅を前にその哀しい過去を語りだす――。「逆髪の女」他、全八篇を収録。

ゆ-2-24

夢枕　獏
陰陽師《おんみようじ》　醍醐《だいご》ノ巻

都のあちらこちらに現れては伽羅の匂いを残して消える不思議の女がいた。果して女の正体は？　晴明と博雅が怪事件を解決する〝陰陽師〟。「はるかなるもろこしまでも」他、全九篇。

ゆ-2-25

夢枕　獏
陰陽師《おんみようじ》　酔月《すいげつ》ノ巻

我が子を食べようとする母、己れの詩才を恃むあまり虎になった男。都の怪異を鎮めるべく今日も安倍晴明がゆく。四季の花鳥風月の描写が日本人の琴線に触れる大人気シリーズ。

ゆ-2-27

夢枕　獏
陰陽師《おんみようじ》　蒼猴《そうこう》ノ巻

神々の逢瀬に歯嚙みする猿、秋に桜を咲かせる木、蝶に変わる財物――京の不思議がつぎつぎに晴明と博雅をおとなう大人気シリーズは、いよいよ冴え渡る美しさ、面白さ。

ゆ-2-30

夢枕　獏
陰陽師《おんみようじ》　螢火《ほたるび》ノ巻

今回は、シリーズを通してサブキャラ人気ナンバーワンで、晴明の好敵手にして、いつも酒をこよなく愛する法師陰陽師・蘆屋道満の人間味溢れる意外な活躍が目立つ、第十四弾。

ゆ-2-33

（　）内は解説者。品切の節はご容赦下さい。

夢枕 獏
陰陽師《おんみようじ》 玉兎《ぎよくと》ノ巻

木犀の香が漂う夜、晴明と博雅、蟬丸が酒を飲んでいると天から斧が降ってきて——陰陽師安倍晴明と源博雅の活躍を描く人気シリーズ第十五弾。もちろんあの蘆屋道満も登場します。

ゆ-2-35

夢枕 獏
陰陽師《おんみようじ》 女蛇《めのへび》ノ巻

坂上彦麻呂は怖ろしげな美女から手に嚙みつかれる夢を見、目覚めると赤い傷が。蘆屋道満が活躍する「にぎにぎ少納言」、露子姫登場の「塔」、人気キャラ揃い踏みのシリーズ第十六巻。

ゆ-2-36

夢枕 獏
村上 豊 絵
陰陽師《おんみようじ》 瘤取《こぶと》り晴明

都で名を馳せる薬師、平大成《たいらのおおなり》・中成《なかなり》兄弟。その二人に鬼たちが取り憑いた。解決に乗り出した晴明と博雅。百鬼夜行の宴に臨む二人の運命は？　村上豊画伯と初めてのコラボレーション。

ゆ-2-16

夢枕 獏
村上 豊 絵
陰陽師《おんみようじ》 首

美しい姫・青音は、求婚した二人の貴族に、近くの首塚へ行き、石を持って帰ってきたものと寄り添うと言い渡すが……。村上豊の手で蘇る「陰陽師」シリーズ、好評の絵物語第二弾。

ゆ-2-19

夢枕 獏
陰陽師《おんみようじ》 平成講釈 安倍晴明伝

安倍仲麿の子孫、安倍晴明尾花丸。帝の御悩平癒を願い、陰陽頭・蘆屋道満と問答対決、妖狐も絡んでの呪法合戦を繰り広げる。平成の講釈師・夢枕獏秀斎の語りの技が炸裂。（山口琢也）

ゆ-2-28

夢枕 獏
おにのさうし

真済聖人、紀長谷雄、小野篁。高潔な人物たちの美しくも哀しい愛欲の地獄絵。魑魅魍魎が跋扈する平安の都を舞台に鬼と女人と恋する男を描く、「陰陽師」の姉妹篇ともいうべき奇譚集。

ゆ-2-26

（　）内は解説者。品切の節はご容赦下さい。

赤川次郎
赤川次郎クラシックス
幽霊列車
山間の温泉町へ向う列車から八人の乗客が蒸発。中年警部・宇野は推理マニアの女子大生・永井夕子と謎を追う――。オール讀物推理小説新人賞受賞作を含む記念碑的作品集。（山前　譲）
あ-1-39

阿刀田　高
ローマへ行こう
忘れえぬ記憶の中で、男は、そして女も、生きたい時がある。あれは夢だったのだろうか。夢と現実を行き交うような日常の不可解を描く、大切な人々に思いを馳せる珠玉の十話。（内藤麻里子）
あ-2-27

有吉佐和子
青い壺
無名の陶芸家が生んだ青磁の壺が売られ贈られ盗まれ、十余年後に作者と再会した時――。壺が映し出した人間の有為転変を鮮やかに描き出した有吉文学の名作、復刊！（平松洋子）
あ-3-5

芥川龍之介
羅生門《らしょうもん》　蜘蛛《くも》の糸《いと》　杜子春《とししゅん》　外十八篇
昭和、平成とあまたの作家が登場したが、この天才を越えた者がいただろうか？　近代知性の極に荒廃を見た作家の、光芒を放つ珠玉集。日本人の心の遺産「現代日本文学館」その二。
あ-29-1

浅田次郎　編
見上げれば　星は天に満ちて
心に残る物語――日本文学秀作選
鷗外、谷崎、八雲、井上靖、梅崎春生、山本周五郎……。物語はあらゆる日常の苦しみを忘れさせるほど、面白くなければならないという浅田次郎氏が厳選した十三篇。輝く物語をお届けする。
あ-39-5

朝井リョウ
武道館
【正しい選択】なんて、この世にない。「武道館ライブ」という合言葉のもとに活動する少女たちが最終的に〝自分の頭で〟選んだ道とは――。大きな夢に向かう姿を描く。（つんく♂）
あ-68-2

朝井リョウ
ままならないから私とあなた
平凡だが心優しい雪子の友人、薫は天才少女と呼ばれる。成長に従い、二人の価値観は次第に離れていき、決定的な対立が訪れるが……。一章分加筆の表題作ほか一篇収録。（小出祐介）
あ-68-3

彩瀬まる
くちなし
別れた男の片腕と暮らす女。運命で結ばれた恋人同士に見える花。幻想的な世界がリアルに浮かび上がる繊細で鮮烈な短篇集。直木賞候補作・第五回高校生直木賞受賞作。（千早　茜）
あ-82-1

朝比奈あすか
人間タワー
毎年6年生が挑んできた運動会の花形「人間タワー」。その是非をめぐり、教師・児童・親が繰り広げるノンストップ群像劇。無数の思惑が交錯し、胸を打つ結末が訪れる！（宮崎吾朗）
あ-84-1

五木寛之
蒼ざめた馬を見よ
ソ連の作家が書いた体制批判の小説を巡る恐るべき陰謀。直木賞受賞の表題作を初め、「赤い広場の女」「バルカンの星の下に」「夜の斧」など初期の傑作全五篇を収録した短篇集。（山内亮史）
い-1-33

井上　靖
おろしや国酔夢譚
船が難破し、アリューシャン列島に漂着した光太夫ら。厳寒のシベリアを渡り、ロシア皇帝に謁見、十年の月日の後に帰国できたのは、ただのふたりだけ。映画化された傑作。（江藤　淳）
い-2-31

井上ひさし
四十一番の少年
辛い境遇から這い上がろうと焦る少年が恐ろしい事件を招く表題作ほか、養護施設で暮らす子供の切ない夢と残酷な現実が胸に迫る珠玉の三篇。自伝的名作。（百目鬼恭三郎・長部日出雄）
い-3-30

色川武大
怪しい来客簿
日常生活の狭間にかいま見る妖しの世界——独自の感性と性癖、幻想が醸しだす類いなき宇宙を清冽な文体で描きだした、泉鏡花文学賞受賞の世評高き連作短篇集。（長部日出雄）
い-9-4

色川武大
離婚
納得ずくで離婚したのに、なぜか元女房のアパートに住み着いてしまって。男と女の不思議な愛と倦怠の世界を、味わい深い筆致とほろ苦いユーモアで描く第79回直木賞受賞作。（尾崎秀樹）
い-9-7

（　）内は解説者。品切の節はご容赦下さい。

受け月
伊集院　静

願いごとがこぼれずに叶う月か……。高校野球で鬼監督と呼ばれた男が、引退の日、空を見上げていた。表題作他、選考委員に絶賛された「切子皿」など全七篇。直木賞受賞作。（長部日出雄）

い-26-4

羊の目
伊集院　静

男の名はサイレントマン。神に祈りを捧げる殺人者——。戦後の闇社会を震撼させたヤクザの、哀しくも一途な生涯を描き、なお清々しい余韻を残す長篇大河小説。（西木正明）

い-26-15

南の島のティオ　増補版
池澤夏樹

ときどき不思議なことが起きる南の島で、つつましくも心豊かに成長する少年ティオ。小学館文学賞を受賞した連作短篇集に「海の向こうに帰った兵士たち」を加えた増補版。（神沢利子）

い-30-2

沖で待つ
絲山《いとやま》秋子

同期入社の太っちゃんが死んだ。私は約束を果たすべく、彼の部屋にしのびこむ。恋愛ではない男女の友情と信頼を描く芥川賞受賞の表題作。「勤労感謝の日」ほか一篇を併録。（夏川けい子）

い-62-2

離陸
絲山秋子

矢木沢ダムに出向中の佐藤弘の元へ見知らぬ黒人が訪れる。「女優の行方を探してほしい」。昔の恋人を追って弘の運命は意外な方向へ——。静かな祈りに満ちた傑作長編。（池澤夏樹）

い-62-3

あなたならどうする
井上荒野

「ジョニィへの伝言」「時の過ぎゆくままに」「東京砂漠」——昭和の歌謡曲の詞にインスパイアされた、視点の鋭さが冴える九篇。恋も愛も裏切りも、全てがここにある。（江國香織）

い-67-6

死神の精度
伊坂幸太郎

俺が仕事をするといつも降るんだ——七日間の調査の後その人間の生死を決める死神たちは音楽を愛し大抵は死を選ぶ。クールでちょっとズレてる死神が見た六つの人生。（沼野充義）

い-70-1